정우

정우 6 완결

초판 1쇄 인쇄일 2014년 11월 19일 ∣ **초판 1쇄 발행일** 2014년 11월 21일

지은이 베가 ∣ **펴낸이** 곽중열 ∣ **담당편집 팀장** 이범수
편집부 신연제 이윤아 김호성 김은경

펴낸곳 (주)조은세상 ∣ 출판등록 제 2002-23호
주소 경기도 연천군 미산면 청정로 1355
TEL 편집부 02)587-2966 ∣ FAX 02)587-2922
e-mail bukdu@comics21c.co.kr

ⓒ베가 2014
ISBN 979-11-5512-789-6 ∣ ISBN 979-11-5512-361-4(set) ∣ 값 8,000원

베가 현대 판타지 장편소설

NEO MODERN FANTASY STORY & ADVENTURE

6

완결

REVOLUTION

북두
새로운세상

REVOLUTION 6

NEO MODERN FANTASY STORY & ADVENTURE

제 1 화

뒤끝

제 1 화
뒤끝

I

"앉아."

김주호가 상석 의자를 끌어당기면서 말했다.

정우가 의아한 눈길을 보내자 김주호가 웃었다.

"네가 여기서 최고관리자니까 싫어도 어쩔 수 없어. 회의를 주도해 나가야 하니까 하루라도 빨리 익숙해지는 게 너도 편할 거다."

정우가 노인을 돌아봤다.

"관장님."

"앉아. 다 늙은 영감 머리로 체육관 이끌어 갈 능력도 생각도 없으니까."

정우는 짧게 한숨 쉬었다.

"상석은 필요 없어."

"자리가 사람을 만든다라는 말이 있거든. 이 자리가 네게 책임감을 실어줄 거야."

정우는 김주호의 눈빛을 보다가 어쩔 수 없이 자리에 앉았다.

김주호가 스탠드 투명 칠판을 당겨와 정우 근처에 세웠다.

테이블 위에는 태블릿 pc가 5대 놓여 있었다.

김주호는 채아 옆에 앉으면서 손뼉을 쳤다.

"자 그럼 회의를 시작하죠. 이 회의가 끝나면 우린 소고기를 먹으러 갈 거니까 집중들 해주시길 부탁드립니다. 꽃등심 갈비살 아주 배터지게 먹일 거니까 짧고 굵은 회의가 됐으면 합니다."

김주호가 미소를 활짝 지어 보였다.

평소랑은 다르다.

일이 되니까 눈빛도 표정도 달라졌다.

마치 다른 사람이다.

정우는 신기하다고 생각했다.

"회의 주제는?"

정우가 물었다.

"우선은 첫날이니까 각자 앞으로 어떻게 해나갈지 간단히 정리하고 아이디어 있으면 짧게 정리하는 걸로. 그런고로 바로 회의 시작하자."

김주호가 속전속결로 얼른 시작하라는 듯 손을 들어 보였다.

직접 주도하라는 의미다.

처음으로 일이라는 걸 해봐서 그런지 조금 어색한 기분이 든다.

잘할 수 있을지는 모르겠지만, 맡은 일인만큼 최선을 다해 좋은 결과를 만들어야 했다.

정우는 태블릿pc의 전원을 키면서 노인을 보았다.

"그럼 먼저 관장님부터 생각해두신 게 있으시면 말씀해 주세요."

"글쎄. 광고라는 게 전단지 돌리는 것 말고 뭐가 있나?"

정우는 시선을 채아에게로 돌렸다.

"난 카페 같은 걸 만드는 게 어떨까 싶은데."

"체육관에 무슨 카페를 차려?"

노인의 말에 일동 웃음을 터트렸다.

"인터넷 카페를 말하는 거예요. 관장님."

채아의 말에 노인이 고개를 갸웃거렸다.

"인터넷 카페?"

채아가 미소를 지으며 고개를 끄덕였다.

"인터넷으로 게시판 같은 것도 만들고 꾸미기도 하고. 광고도 하고. 컴퓨터로 만드는 거요."

"아아. 그런거였구만. 난 또."

노인이 부끄러운 듯 웃었다.

"또 다른 의견은요?"

정우가 물었다.

채아가 입술을 오므리며 고개를 저었다.

정우는 고개를 끄덕이며 일어나 투명칠판에 쓸 매직을 손에 잡았다.

그 때, '철컥' 소리가 나며 문이 열렸다.

"아 죄송합니다. 노크를 깜빡하고. 아, 안녕하세요."

연아가 제자리에서 허리를 꾸벅 숙였다.

"내가 오라고 했어."

노인이 말하다 말고 김주호를 보고 미간을 찌푸렸다.

"넌 왜 실실 웃고 있냐?"

김주호의 얼굴이 벌게졌다.

"우, 웃긴 누가 웃어요! 영감탱이 사람 잡네."

"영감탱이?"

노인이 눈을 차갑게 떴다.

"때리지 마세요. 저 사장입니다?"

"지랄하네."

노인이 두꺼운 손으로 김주호의 뒤통수를 후려쳤다.

"아……."

"차려."

김주호가 오만상을 하며 앉은 자세로 허리를 펴고 차려 자세를 취했다.

"높은 자리에 올라가면 올라갈수록 머리와 입은 더 무거워야 하는 법이야. 사장이랍시고 예의 없이 네 멋대로 굴면 내가 용서 안 해. 알아들었어?"

"예, 관장님."

김주호가 고개를 까닥 끄덕이며 말했다.

"연아야 어여 앉아라."

"네 할아버지."

연아가 채아 옆에 앉았다.

채아와 연아가 서로 반가운 듯 미소를 지으며 양손을 잡고 흔들었다.

정우는 칠판을 조금 더 가까이 당겼다.

"연아 생각도 한 번 들어볼까?"

정우가 말했다.

"어떤 생각이요?"

연아가 사슴처럼 눈을 동그랗게 뜨며 물었다.

"이 체육관을 어떻게 광고할지에 대한 아이디어가 있는지를 묻는 거야. 광고 마케팅이라는 거지."

김주호가 뒤통수를 문지르며 연아를 보고 말했다.

"아……."

연아가 입을 벌리며 고개를 끄덕였다.

"잘 모르겠어요. 생각해본 적이 없어서."

연아가 기죽은 얼굴로 작게 말했다.

정우는 미소 지으며 고개를 저었다.

"괜찮아. 그럼 정리해볼게요."

정우는 칠판에 노인이 말했던 전단지와 채아가 말했던 카페를 적었다.

"채아 선생님."

정우가 그녀를 불렀다.

"응?"

채아가 노트를 펼치며 펜을 들고 고개를 들었다.

"보건실에서 일하실 때도 잘 어울렸지만, 지금 사무 오피스도 굉장히 잘 어울리네요."

정우의 직선적인 칭찬에 채아의 얼굴이 살짝 빨개졌다.

"어머."

채아가 손으로 입을 가리며 웃었다.

"고마워."

채아가 부끄러워하며 말했다.

"앞으로 잘 부탁드립니다."

"아이고. 제가 더."

채아가 어정쩡하게 일어나서 머리를 숙이자 주변이 웃음바다가 됐다.

"선생님 의견을 듣고 생각난 부분인데요. 카페보다는 체육관 개인 사이트를 하나 만드는 게 어떨까요? 예전과 달리 요즘은 카페 활성화가 줄어든 감이 없지 않아 있고, 시설이나 건물 투자비로 인해 가격대가 높아질 수밖에 없기 때문에 보다 고급화로 진행할 수 없는 부분이 있기도 하겠고. 해서 심플하고 깔끔하게 사이트를 만드는 방향으로 가는 게 좋을 것 같은데. 어떻게 생각하세요?"

채아가 고개를 끄덕였다.

"응. 그게 훨씬 낫겠는데?"

정우는 고개를 끄덕였다.

"아직 시간이 좀 남아 있으니까. 구직 사이트에서 알바생을 좀 뽑아주세요. 선생님이 편하게 부릴 수 있는 사람들로. 개인적으로 면접 보시구요."

"응."

"그리고 관장님이 말씀하신 전단지는 사이트를 개설하고 나서 진행하는 걸로 할 게요. 주호야."

김주호가 고개를 끄덕였다.

"말해."

"광고 컨설팅 및 작업은 외주를 맡길건데 작업처만 네가 좀 알아봐줘."

"오케이. 걱정 마셔."

"기간 딜레이 되지 않도록 날짜 잘 확인해주고."

"오키오키."

"주 광고 무대는 체육관이 있는 이 쪽 부근으로 할 거고 현수막 및 광고 전단지 배포 위치는 내가 알아보도록 할 게요."

"그건 내가 맡을게. 사람 쓰면 돼. 괜히 시간 낭비할 것 없어."

김주호가 말했다.

"그럼 그 때 일하는 분들 잘 챙겨줘. 거리에서 광고할 때 분란 생기면 시끄러워지니까."

"걱정마숑."

"관장님."

"응?"

노인이 살짝 기죽은 얼굴로 정우를 쳐다봤다.

"관장님께서도 필요 인원 체크해서 채아 선생님이랑 같 이 구인 광고 해주세요."

"알았어."

"그리고 오픈까지 관장님께서 훈련 커리큘럼 만드셔야 하니까 좀 고생해주시구요."

노인이 고개를 끄덕였다.

"그리고 사이트 개설하고 나면 조금 심심한 느낌이 들

것 같아서. 시설 사진 찍고, 저희들도 찍죠."

"으 뭔가 기분이 이상하다."

채아가 웃으며 어깨를 흔들었다.

"자연스럽게 찍는 게 좋을 것 같아요. 네츄럴하게. 밝고 경쾌하게. 배경 bgm도 그렇게 심플하면서도 밝게 하는 게 좋을 것 같고."

"대찬성."

"연아가 카메라가 있다고 하니까. 그걸로 촬영하죠. 괜찮지?"

정우가 김주호를 보며 물었다.

김주호는 어깨를 으쓱였다.

"그 정도는 나한테 묻지 마. 우선 대표는 너니까. 믿고 맡긴 거라고."

"그럼 오늘 회의는 여기까지 하도록 하죠. 이후 진행은 제가 회의자료 준비해서 그 때 다시 시작하는 걸로 하겠습니다."

"역시 짧고 굵어."

김주호가 박수를 쳤다.

"저기."

채아가 손을 들었다.

"네?"

"구직광고는 언제까지?"

"모래 아침 전까지 하시면 될 것 같아요."

"응 알았어."

"그럼 여기까지 하도록 하죠."

정우가 김주호를 쳐다봤다.

김주호는 손뼉을 짝 치며 일어났다.

"자 그럼 밥 먹으러 갑시다."

"오예 소고기 소고기."

채아가 춤을 추며 노래를 불렀다.

사무실을 우루루 나갈 때, 연아가 정우에게 다가갔다.

"저기……."

연아의 부름에 칠판을 치우던 정우가 돌아봤다.

"저는 뭐 도와드릴 거 없을까요? 저 청소같은 것도 잘할 수 있는데."

정우가 연하게 웃으며 연아의 어깨를 토닥였다.

"마음은 고마운데 학생이니까 공부해 집중해. 공부 열심히 하면 내가 어디서든 연아 스카웃 해갈게. 약속해 정말."

연아가 배시시 웃었다.

"밥 먹으러 가자."

"네."

"정우 진짜 회의 잘 하더라. 완전 대표감이야 정말. 그 짧은 시간에 후다닥 정리하는데. 깜짝 놀랐다니까."

채아가 깍지 낀 손으로 턱을 괴며 말했다.

"사실 나도 저 녀석 때문에 불안불안 했는데. 정우 보니까 이제 안심이 돼."

노인이 장난스럽게 주호를 보며 말했다.

김주호가 콧방귀를 꼈다.

"이게 제 자본과 사람을 보는 안목. 눈. 덕분인 거죠. 사업이라는 게 누구 하나 잘났다고 굴러가는 게 아닙니다."

노인이 웃으며 주호의 머리를 헝클었다.

김주호가 인상을 쓰며 노인의 손을 피해 머리를 치웠다.

"살다보니 별 일이 다 있구나. 다들 열심히 해서 함께 좋은 추억을 쌓아가자고."

노인의 말에 모두 '네!' 라고 커다랗게 합창 했다.

고기가 나왔다.

불판위에 꽃이 활짝 핀 등심과 갈비살이 올라가 지글지글 거리는 소리를 냈다.

사람들이 눈을 빛냈다.

"소고기는 핏기 마르자마자 먹어야 돼. 안 그러면 질겨지니까."

노인이 말했다.

정우가 가위를 들고 익은 고기를 잘랐다.

"제가 할 게요. 주세요."

연아가 일어나 손을 뻗어왔다.

정우가 미소를 띠우며 고개를 저었다.

"앉아 있어. 내가 할 게."

정우는 노인에게 가장 먼저 고기를 덜어주고 차례차례 고기를 나누어 주었다.

"대표님도 먹어야죠 얼른."

채아의 말에 정우의 표정이 어색해졌다.

"왜 그러세요."

"직함이 있으니까. 이제 그렇게 불러야지. 대표님이라고. 음 이대표?"

채아가 깔깔 거리며 웃었다.

"그러고 보니 왠지 어른 같아. 아, 열아홉 대표라니. 멋지다."

채아가 고기를 집어 정우의 입 앞에 가져갔다.

정우는 웃으며 고기를 물었다.

"여기 투자자는 안 보입니까?"

"우리 투자자님도 아 해."

채아가 젓가락으로 고기를 집어 내밀었다.

김주호는 자신의 젓가락으로 채아가 집고 있는 고기를 집었다.

"받아먹어야지 그게 뭐야."

"남자가 낯부끄럽게 무슨."

김주호가 연아에게 고개를 돌렸다.

"먹어 얼른. 배터지게."

연아가 웃으며 고개를 끄덕였다.

"네. 잘 먹을게요."

"뭐 먹고 싶은 거 있으면 언제든 얘기해. 사줄 테니까."

김주호의 말에 채아가 입을 동그랗게 말았다.

"이거 뭐야? 지금 둘이 썸 타는 거?"

"네?"

연아가 화들짝 놀란 눈으로 고개를 들었다.

"무슨 말이에요 진짜 왜 그래."

김주호가 정색하는 표정을 했다.

"에이 아닌 게 아닌데?"

김주호가 고기 세 겹을 겹쳐 채아의 입에 밀어 넣었다.

"우악!"

채아가 고기를 잔뜩 물어 볼이 빵빵해졌다.

미간을 찌푸리고 있는 그녀를 보며 김주호가 웃음을 터트렸다.

노인이 김주호의 머리를 쥐어박았다.

"예의없게 무슨 짓이야 그게."

김주호가 키득키득 웃으며 고기 네 겹을 집어 노인의 입
에 밀어 넣었다.

"이, 이놈이. 우욱!"

김주호가 배를 잡고 목을 뒤로 젖혀 웃다가 의자에서 넘
어졌다.

체육관 멤버는 물론 근처에 있던 손님들도 웃음을 터트
렸다.

Ⅱ

"다들 조심히 들어가세요. 정우랑 주호 차조심 하고!"

채아의 말에 김주호가 입술을 뒤집었다.

"선생님이나 조심히 들어가세요. 뭘 남자를 걱정해."

채아가 웃으며 손을 흔들었다.

"알았어. 그럼 나 먼저 간다. 관장님 조심히 들어가세
요. 연아 안녕."

"어여 들어가."

"들어가세요 언니."

채아가 택시를 타고 먼저 떠났다.

"너희들도 들어가 이제. 잘 먹었다 주호야."

노인이 소주를 마셔 취기가 살짝 오른 얼굴로 말했다.

"회식 자주 할 거니까. 열심히 해주세요. 공짜는 없는 거 아시죠?"

노인이 웃으며 고개를 끄덕였다.

"그래 그래. 그만들 들어가 늦었다."

"가시는 거 보고 갈게요."

정우가 노인의 등에 손을 얹으며 말했다.

"됐어."

"잠시만요."

정우가 도로가로 나가 손을 들었다.

택시를 세워 노인에게 서둘러 오라고 눈짓했다.

"들어가세요."

노인과 연아를 택시 태워 보내고 정우는 짧게 숨을 내뱉었다.

"느낌이 어때?"

김주호가 빙긋 웃는 얼굴로 물었다.

정우는 고개를 갸웃 거리며 웃었다.

"아직 잘 모르겠어. 해봐야 아는 거겠지. 하지만 느낌만으로 보자면. 좋은 것 같은데?"

"잘 할 거야. 아니, 뭐 혹시 잘 안되다고 해도 경험이라 생각하고 더 큰 무대로 나가면 되니까."

정우가 피식 웃었다.

"너 김주호 맞아?"

김주호가 콧잔등을 찡그렸다.

"나도 내가 헷갈린다."

정우가 웃으며 고개짓을 했다.

"가자 그만."

"버스 타고 갈 거야?"

"아직 시간 되니까. 버스 타야지."

"그냥 내 차 타고 가지? 운전사 대기중인데."

"됐다니까요."

"고등학교 졸업하자마자 면허 따라. 회사에서 바로 차 대줄 거야."

"싫다."

"싫어도 받아야 될 거야. 우린 최고의 대우를 해줄 거고, 넌 그만큼의 능력을 보여주면 돼."

"너무 믿지 마라. 나도 아직 햇병아리니까."

"그러면서 크는 거 아니겠냐. 가자."

김주호가 정우의 목에 팔을 걸었다.

"횡단보도 건너면 바로 정류장이야. 먼저 가 반대방향이잖아."

"우리 체육관을 이끌어 줄 대표님이신데 가시는 거 보고 가야지."

24

"그만 좀 해라 징그러워 죽겠다 그 소리."

"할 얘기도 있고. 파란불이네 가자."

"무슨 얘기?"

횡단보도를 건너면서 정우가 물었다.

"채아 선생님도 이제 우리 식구 아니냐. 우리 식구를 그렇게 권고사직으로 내몬 교장이랑 돈 받아 처먹으면서 선수를 썩힌 야구부 쓰레기. 대가를 치러야 하지 않겠어?"

"그래서 생각 한 게 있어?"

김주호가 고개를 저었다.

"아니 아직 뭐 아직 결정을 내린 건 아니고. 네 생각은 어때? 내가 또 두 수 앞까지는 못 보는 스타일 아니냐."

"그냥 경고 하는 쪽으로 가. 내가 볼 때는 그게 나을 것 같다."

"우리 회사 쪽에서 검찰과 얘기 끝내고 그냥 바로 대령고 비리조사하면 끝날 일 아니야?"

"먼저 만나봐."

김주호가 고개를 갸웃 거렸다.

"만나서 무슨 얘기를 해?"

정우가 정류장 벤치에 앉으며 표정을 굳혔다.

"어차피 자리가 비면 또 다른 뱀이 똬리를 틀 테니까. 그리고 경험도 쌓을 겸."

"무서운 놈."

정우는 작게 웃었다.

"근데…. 잘 안 되면?"

"그럼 밀어버려. 힘이 있잖아 넌."

정우가 김주호의 어깨를 치며 웃어 보였다.

김주호는 고개를 끄덕이며 웃었다.

"그렇지……."

◇◇◇

마지막 수업 종이 울렸다.

정우는 가방을 들고 일어났다.

"갔다 올게."

김주호의 목소리를 듣고 정우는 미소를 보냈다.

"한 방 먹여주고 와."

김주호가 피식 웃으며 고개를 끄덕였다.

김주호는 1층으로 내려와 교장실 앞에 도착했다.

철컥—

노크 없이 곧장 문을 열었다.

의자에 깊숙이 기대 전화를 하고 있던 교장이 김주호를
보고 얼굴을 와락 찌푸렸다가 금방 표정을 돌려놓았다.

그는 손을 들어 보이고, 통화를 예정보다 일찍 마쳤다.

교장은 김주호를 보며 쓴맛을 삼켰다.

저 놈의 돈줄도 이정우와 연관되어 있으니 전혀 달갑게 보이질 않는다.

게다가 저 표정이며 몸짓이며 생 양아치끼는 여전히 남아있군.

"노크도 없이 들어오는 건 좀 그렇지 않나? 주호군."

김주호는 어깨에 메고 있던 가방을 가죽 소파 위로 던졌다.

교장이 눈을 부릅떴다.

"김주호군!"

교장은 낮은 어조로 불쾌감을 전했다.

"왜요?"

이새끼가 보자보자 하니까.

교장이 주먹을 불끈 쥐고 벌떡 일어났다.

"이 깡패같은 새끼가 버르장머리 없이 어딜."

김주호는 주머니에 손을 넣고 터덜터덜 걸음을 옮겨 소파에 다리를 꼬고 앉았다.

교장은 커다랗게 뜬 눈으로 지금의 상황이 이해가 가지 않는 듯 살짝 충격에 빠진 표정이 됐다.

"앉으세요."

김주호가 눈짓으로 소파를 가리키며 말했다.

교장의 얼굴에 실핏줄이 투둑투둑 튀어 나왔다.

"야 이 같잖은 자식아……. 너 당장 거기서 안 일어나?"

"길게 끌 것 없이 확실하게 말씀드릴게요. 경찰청장이 저희랑 인연이 좀 깊습니다."

힘이 잔뜩 들어가 있던 교장의 얼굴이 한순간에 풀어졌다.

교장은 얼빠진 표정으로 김주호를 쳐다봤다.

"이건 대외비입니다만, 현기 그룹이 경찰청장을."

김주호가 손을 들어 보였다.

"한 손에 쥐고 있죠."

김주호는 작게 웃었다.

"현기 그룹 회장님이 저를 아주 많이 아끼십니다. 차기 현기 그룹의 대표로 기대해주시기도 하고. 저 역시 노력중이구요. 뭐 그간 실망시켜드린 부분들이 많았지만, 그럼에도 불구하고 말이죠."

김주호가 미소를 띠운 체 교장을 보며 말했다.

교장이 비틀거리는 걸음으로 소파에 앉았다.

그는 손수건을 꺼내 이마에 맺힌 식은땀을 닦아내고선 정우를 노려봤다.

"그게 뭘 어쨌다고? 그래서 네가 하고 싶은 말이 뭐야!"

"이번에 샤워 좀 하셔야겠습니다."

교장의 얼굴이 당장이라도 터질 듯 붉어졌다.

"이 새끼가 진짜! 그 동안 오냐오냐 해줬더니 아주 눈에 뵈는 게 없구나 네가!"

교장이 벌떡 일어나 김주호를 쏘아 보았다.

"넌 퇴학이야! 이런 어린놈의 양아치 새끼가 어디서 그런 말도 안 되는 협박을."

김주호가 웃었다.

"저야 퇴학당한다고 해도 검정고시 보면 그만이지만. 당신은 상황이 달라."

교장의 눈빛이 흔들렸다.

그는 굵은 침을 꿀꺽 삼켰다.

"앉으시죠?"

김주호가 여유로운 눈짓으로 소파를 가리켰다.

교장이 아랫입술을 꽉 깨물었다.

교장은 모멸감을 뒤집어 쓴 얼굴로 자리에 앉았다.

몇 번 당해줬더니 이정우고 김주호고 단체로 미쳐서 지랄발광을 하는구나.

"그래서 원하는 게 뭐야?"

교장이 김주호를 노려보며 물었다.

김주호가 엷게 웃었다.

"뭔가 착각하고 계시네요. 이건 딜이 아닙니다."

"......?"

"앞으로 대령고에서 당신의 비리나 각 부서에 비리가 있다면."

김주호의 눈에 회색빛이 흘렀다.

"흔적도 없이 지워드리겠습니다."

교장이 이를 바득 갈았다.

김주호가 고개를 갸웃거렸다.

"별로 실감이 안 나시는 것 같네요. 아까 전에 말씀드렸다시피 이건 제안이 아닙니다."

김주호의 느릿한 시선에 교장은 볼 살을 부들부들 떨었다.

"두 번의 기회란 없습니다. 속일 수 있을 거라고 생각하지 마세요. 그 땐 정말 모든 걸 잃게 될 테니까."

"알았으니까 그만 나가……."

김주호가 일어서서 교장을 내려다보았다.

교장은 자신을 내려다보는 김주호의 눈빛을 보고 이를 악다물었다.

"우선 내일이 되기 전까지 야구부 코치부터 정리하세요."

김주호가 일어나 어깨에 가방을 여유롭게 맸다.

"못 들으셨어요?"

교장이 어금니를 꽉 깨물며 고개를 숙였다.

"알았어…."

"약속 빨리 지키셔야 할 겁니다."

김주호가 교장실을 나가려다 멈춰 서서 교장에게 다시 돌아왔다.

교장이 10년은 폭삭 늙은 얼굴로 김주호를 올려다보았다.

"또 뭐?"

"분위기 파악 똑바로 해 이 늙은이야. 맘 바뀌면 당신 인생 싹 쓸어버리는 건 일도 아니니까."

김주호가 당장 찢어 죽일 것 같은 얼굴로 말했다.

교장은 구겼던 얼굴을 피며 침을 꼴깍 삼켰다.

김주호는 비웃음을 던지고 교장실을 나갔다.

문이 탁 닫히는 소리가 난 후, 교장실에 정적이 흘렀다.

"으으……."

교장이 신음 소리를 내다가 고개를 바짝 들며, 창문이 깨질 정도로 악을 내질렀다.

"아아아악!"

NEO MODERN FANTASY STORY & ADVENTURE

제 2 화

여행

제 2 화
여행

I

아지랑이가 피어오른다.

뜨거운 여름 태양이 도로 위로, 붉게 이글 거렸다.

어느새 한 여름이었다.

그렇게 뜨거운 날.

체육관으로 가는 길.

김주호는 쉴 새 없이 웃었다.

마치 허파에 바람이라도 들어간 것처럼.

"아하하하하!"

5분 째 웃고 있다.

"그렇게 좋아?"

정우가 웃으며 물었다.

"당연하지. 네가 표정을 봤었어야 돼. 야 내가 얼마나 멋있었는지 아냐? 완전 이정우 빙의였다니까. 내가 그렇게 말을 잘하는지 몰랐다니까."

정류장을 앞에 두고 김주호는 자아도취하더니 다시 웃음을 터트렸다.

정우는 고개를 가로 저으며 웃었다.

"아 근데 오늘 회의 마지막 날인데. 뭐하지? 웬만한 건 거의 다 한 것 같은데."

김주호가 깍지 낀 손으로 뒷머리를 받치며 중얼 거렸다.

"사진찍자."

"사진?"

"그래 사진."

김주호가 손가락을 딱 튕겼다.

"그럼 사이트에 올릴 사진은 일단 체육관에서 찍고. 오늘 토요일이니까 오픈 기념으로 놀러 가자. 그걸 뭐라 그러지? OT라고 했던가?"

"뭘 그렇게 갑자기?"

"원래 즉흥적인 여행이 묘미인 거라고."

김주호는 체육관에 도착하자마자 사람들을 불러 모아 펜션을 잡아 놀러가자고 제안했고 다소 부정적인 결과를 예상했던 정우의 생각과는 달리 김주호의 제안은 의외로 열렬한 반응을 일으켰다.

첫 여행은 그렇게 결정 되었다.

아주 갑작스럽게.

◇◇◇

연아의 DSLR 카메라를 가져와 삼각대에 거치시켰다.

체육관 내부를 배경으로 두고, 타이머를 누른 뒤 김주호가 뛰어 왔다.

김주호는 주머니에 손을 넣고 껄렁한 표정을 지었다.

노인은 증명사진을 찍듯 표정 없이 서 있었고, 채아는 쾌활하게 미소 지으며 얼굴 옆으로 브이자를 그렸다.

연아는 부끄러움이 가득한 얼굴로 채아의 팔짱을 꼈다.

사람들 중심에 서게 된 정우는 가벼운 미소를 머금으며 카메라를 바라보았다.

찰칵!

카메라가 반짝였다.

김주호가 기다렸다는 듯 후다닥 달려가 찍은 사진을 확인 했다.

"우하하!"

김주호가 노인을 가리키며 고개를 젖혀 웃음을 터트렸다.

"완전 얼었네 노친네. 누가 잡아갑니까?"

노인이 벌게진 얼굴로 김주호에게 뛰어갔다.

김주호가 잽싸게 도망갔고, 노인은 씩씩 거리며 약 오른 얼굴로 샌드백을 후려쳤다.

샌드백이 워낙 크게 흔들려, 지켜보고 있던 사람들이 웃던 얼굴을 거두고 마른침을 삼켰다.

단체 사진을 찍고 독사진들을 찍었다.

여자들이 서로 셀카처럼 찍기도 하고 찍어주기도 했는데 워낙 인물들이 좋아서 그런지, 여자들은 마치 모델 같았다.

카메라를 빨아들일 듯 흡입력 있는 모습들이었다.

그런 그녀들을 지켜보고 있던 정우는 인기척을 느끼고 고개를 돌렸다.

언제 왔는지 엘리스가 야구 점퍼를 걸쳐 입은 사복으로 나타나 있었다.

"뭐해?"

엘리스가 특유의 반쯤 감긴 눈으로 그녀들을 보며 풍선 껌을 커다랗게 불었다.

정우가 휴대폰을 꺼내 엘리스 옆으로 얼굴을 붙였다.

찰칵!

휴대폰 사진이 찍히면서 퍽 하고 엘리스 입에서 부풀어 오르던 풍선이 터졌다.

그리고 이내 엘리스의 얼굴은 홍시처럼 변했다.

"뭐, 뭐한 거야?"

"뭐긴 뭐야 사진 찍은 거지."

엘리스가 하얀 미간을 찡그렸다.

"지워."

"잘 나왔는데 뭘."

엘리스가 얼굴 반을 덮은 풍선껌을 뜯어내 바닥에 버렸다.

"지우라니까."

김주호가 엘리스 옆에 얼굴을 구기고 섰다.

"너 지금 바닥에 껌 버렸냐?"

엘리스는 김주호를 쳐다보지도 않고 정우를 뒤따라갔다.

"지우라니까. 사진 찍는지 몰랐단 말이야."

김주호가 한숨을 내쉬며 엘리스의 앞을 막아섰다.

"너 내 말 안 들리냐?"

"들리는데 왜?"

"신성한 체육관에 씹던 껌을 버려? 미쳤냐?"

"네가 치우면 되잖아."

엘리스가 무표정한 얼굴로 말하고 다시 정우를 쫓아갔다.

김주호는 기가 찬 표정으로 앞머리를 쓸어 올리며 헛웃음 소리를 냈다.

"아 진짜 뭐 저런 게 다 있냐?"

노인이 김주호의 뒤통수를 후려쳤다.

"악!"

"엄살은."

"아 왜 때려요! 진짜 폭력이 습관이네."

"왜 맞는지 몰라?"

"아! 아까 그 사진보고 놀린 거 맞은 거구나."

"알면 껌이나 치워 얼른 이놈아."

사무실로 들어가는 노인을 보며 김주호는 고개를 끄덕였다.

"그래 나만 역적이지. 나만 나쁜놈이고."

김주호는 티슈 두 장을 뽑아와 쭈그려 앉아 엘리스가 뱉은 껌을 집었다.

위로 들어 올리는 순간, 껌이 치즈처럼 늘어났다.

김주호는 스트레스가 극에 달한 얼굴로 소리를 바락 질렀다.

"야 엘리스!"

◇◇◇

채아가 펜션을 예약했고, 김주호가 구해온 승합차 차량은 노인이 운전하기로 했다.

갑작스러운 여행은 일사천리로 진행됐다.

각자 집에서 짐을 챙겨왔고, 해가 지기 전에 마트를 들려 바비큐에 필요한 저녁거리를 샀다.

그리고 곧장 출발을 준비할 수 있었다.

"아니 그냥 우리 비서 운전 시키면 된 다니까. 뭘 아득바득 굳이 운전 하려고 그래요. 눈도 침침하면서."

김주호가 불신이 가득한 눈길로 팔짱을 끼며 말했다.

"뭣하러 괜한 사람 힘들게 해. 시끄럽게 굴지 말고 이 녀석아 얼른 타기나 해."

노인이 운전석에서 엄지로 뒷좌석을 가리키며 말했다.

"다들 안전벨트 확실히 메. 한 방에 훅 갈 수도 있으니까."

김주호가 차에 오르는 사람들에게 말했다.

노인이 눈을 찌르려는 시늉을 하자 김주호가 웃으며 뒤로 물러났다.

"관장님도 의외로 이런 즉흥적인 여행 좋아하네. 아주 감수성이 있으셔."

"내가 가고 싶어서 가냐. 너희들 걱정 되서 같이 가는 거지."

김주호는 뱁새눈을 해선 입으로 피슉 바람 빠지는 소리를 내며 어깨를 으쓱였다.

마지막으로 차에 오른 김주호는 가장 뒷자리로 가서 정우 옆에 앉았다.

바로 앞에 앉은 엘리스의 머리를 손가락으로 콕콕 찔렀다.

엘리스가 죽일 것 같은 눈으로 김주호를 돌아봤다.

"넌 내려. 왜 같이 가려고 그래?"

엘리스가 눈살을 구기며 아랫입술을 깨물었다.

그녀가 내리려고 의자에서 엉덩이를 들었다.

김주호가 놀라서 엘리스의 팔목을 잡았다.

엘리스가 손바닥으로 김주호의 머리통을 두들겼다.

"악악! 알았어! 야! 농담이야 농담."

엘리스가 김주호를 노려보다가, 한숨을 쉬며 의자에 앉을 때, 차가 출발했다.

"아우 아퍼. 쟨 안 저러다가 갑자기 저러냐. 아 머리야……."

"친하게 좀 지내."

정우가 옆에서 웃으며 말했다.

김주호는 얼굴을 내저으며 창밖을 내다봤다.

"안 맞아 안 맞아."

음악을 틀어달라는 김주호의 말에 스피커를 키자 흑인 음악이 나왔다.

쿵쿵 거리는 시끄러운 음악에 노인은 30초도 참지 못하고 정신사납다며 꺼버렸다.

김주호는 노인과 티격태격하기도 하고 약 20분 동안 중언부언 쓸데없는 말을 늘어놓으며 쉴 새 없이 떠들다가 잠이 들었다.

2시간 여 정도를 달려 펜션 앞에 도착했다.

가장 먼저 채아가 비명을 내지르며 연아를 데리고 내렸다.

채아는 공기에 취한 듯 두 팔을 벌리며 바다내음을 마셨다.

연아도 채아의 팔짱을 끼며 기분 좋은 미소를 지었다.

모두가 내린 후, 정우는 김주호의 어깨를 잡아 흔들었다.

잠에서 깨어난 김주호는 반쯤 부어오른 얼굴로 눈을 끔뻑였다.

"벌써 도착했어?"

김주호는 찌그러진 얼굴로 바깥을 내다보았다.

일찍 출발한 탓에 노을 진 바다를 볼 수 있었다.

한 시간 혹은 30분만 늦었어도 캄캄한 어둠이 찾아왔을 것이다.

정우는 김주호와 함께 트렁크에서 짐을 펜션으로 실어 날랐다.

농땡이를 부리려는 김주호를 노인이 귀를 잡아당기며 일을 시켰고, 여자들은 저녁 식사 준비를 했다.

모두 마치 계획이라도 하고 온 것처럼 자연스럽게 여행에 녹아들었다.

그 사실 속에 자신도 있다는 것이 조금 놀랍기도 했다.

염려와는 달리, 정우 자신도 즐거웠다.

즉흥적이지만, 의미있는 행동력.

그것이 조금은 부족하지만, 관장님이 김주호와 함께하기로 한 결정 중 아마도 하나가 아닐까?

문뜩 그런 생각이 들었다.

Ⅱ

어두운 밤.

고급 오피스텔의 펜트하우스.

보르고프는 하얀 목욕 가운을 입고, 거실문을 열었다.

슬리퍼를 신고 밖으로 나가자 시원한 바람이 불어왔다.

화려한 조명들이 주변을 밝혔다.

보르고프는 잘 관리된 잔디를 밟으며 걸음을 옮겼다.

미지근한 물이 가득 채워져 있는 수영 풀장 앞에 서서 입고 있는 가운 끈을 풀었다.

옷을 훌렁 벗어 의자에 던져 놓고 물속으로 멋지게 뛰어들었다.

풍덩.

보르고프는 30m의 거리를 빠르게 자유형으로 수영했다.

풀장 끝에 도착한 보르고프는 고개를 들어 젖은 머리카락을 쓸어 올리며 시원한 듯 기분 좋은 표정으로 숨을 쉬었다.

서양인을 방불케 할 정도로 뛰어난 몸매의 여성이 비키니 차림으로 맥주와 과일을 가져와 보르고프의 앞에 놓았다.

그녀는 조심스레 풀장으로 들어와 하얀 치아를 내보이며 손목에 차고 있던 끈으로 머리를 묶었다.

그리곤 수영을 시작했다.

보르고프는 그런 그녀를 흐뭇하게 바라보며 하늘을 올려다 보았다.

서울 하늘이라 별은 없지만, 펜트하우스 옥상 풀장에서 어두운 검은 하늘을 보는 기분은 마치 구름에 떠있는 듯한 기분이었다.

보르고프는 작게 코웃음 쳤다.

"돈이라는 게 참 좋긴 좋구먼."

맥주캔을 따서 시원하게 목을 넘겼다.

백정처럼 벌어서 양반같이 쓰는 인생도, 나름 낭만이 있
는 거라고 자위했다.

보르고프는 키득 거리며 고급 담배 케이스에서, 담배를
꺼내 입에 물고 듀퐁 라이터로 불을 붙였다.

라이터를 던지고, 연기를 길게 내뿜을 때 전화벨이 울렸
다.

"야 전화기 좀 가져와 봐라."

보르고프가 걸걸한 목소리로 외쳤다.

비키니 미녀는 미끈한 뒤태를 드러내며 풀장 밖으로 올
라갔다.

목욕 가운에서 휴대폰을 꺼낸 그녀는 토끼처럼 총총 거
리는 걸음으로 뛰어와 보르고프에게 전화기를 건넸다.

보르고프는 옆으로 들어오라는 손짓을 하며 전화기를
받았다.

물속에 들어온 미녀가 보르고프 옆으로 들어와 안겼다.

"무슨 일이고?"

보르고프가 미녀의 가슴을 주물럭거리며, 전화기에 대
고 물었다.

부끄러워하며 앙탈을 부리는 미녀를 보며 보르고프는 재밌다는 듯이 웃었다.

– 이정우와 김주호가 강원도 펜션으로 향하는 중입니다.

보르고프의 표정이 무겁게 바뀌었다.

"단 둘이?"

– 노인 하나, 여자 셋, 이정우와 김주호. 총 여섯입니다.

"아직은 아니야. 급하게 서두를 것 없어. 설계 중이니까 조만간 연락 갈 거야. 실패했을 경우, 문제없는 애들로 베스트만 꾸려놔. 만약에 덜 떨어진 애들이면 네 모가지가 제일 먼저 날아간다."

– 알겠습니다.

보르고프는 전화기를 멀리 던지고, 미녀의 허리를 끌어당겼다.

손가락으로 미녀의 비키니 상의 끈을 풀었다.

보르고프는 비명을 지르는 미녀의 입술을 덮쳤다.

펜션 주인이 준비해준 참숯에 불을 붙였다.

석쇠 불판 위에 삼겹살을 올리고 얼마 지나지 않아 커다란 불길과 함께 연기가 피어올랐다.

그렇게 바비큐 파티가 시작 되었다.

정우와 김주호가 목장갑을 끼고 고기를 구웠고, 채아는 밤바다와 어울리는 음악을 틀었다.

바다를 보며 고기를 구워 먹는다는 건 낭만적이고 상쾌했다.

노인은 소주잔을 입가로 기울였고 석양은 그림처럼 드리워져 있었다.

하지만 아쉽게도 노을은 길지 않았다.

아마 짧아서 더 아름다운 것일 것이다.

고기를 굽기 시작한 지 5분도 지나지 않아 금세 하늘이 어두워졌다.

때 맞춰 주인이 가로등 불을 켜주었다.

밤의 운치가 예쁘게 분위기를 잡았다.

대화를 하다가 멈출 때면 멀지 않은 곳이라 파도 소리가 들렸다.

정우에게 있어선 첫 여행이었다.

기억을 잃은 후로, 여행에 대한 기억이 없다.

그래서일까.

매우 특별하게 다가온다.

정우는 고기를 일정량 구워 1회용 그릇 위에 올려둔 뒤,

카메라를 가져왔다.

멋지다.

정우는 미소를 지으며 카메라 셔터를 눌렀다.

이렇게 소중한 순간들을 도저히 눈으로 보는 기억만으로 두고 싶지가 않았다.

연아와 채아, 그리고 노인이 웃으며 얘기를 나누고 있는 모습을 찍었다.

정우는 고개를 갸웃 거리며 카메라를 내려다보았다.

왠지 카메라라는 녀석과 앞으로, 아주 많이 친해질 것만 같은 기분이 든다.

인상을 쓰며 연기 속에서 고기를 굽고 있는 김주호의 사진을 찍으면서 생각했다.

포토그래퍼라는 직업도 괜찮지 않을까.

직업의 유혹은 이렇듯 때때로 찾아온다.

"야 이정우. 몰카 찍지 말고 제대로 찍어."

브이자를 그리던 김주호가 연기 때문에 기침을 했다.

정우는 웃으며 카메라를 내려놓고 김주호의 등을 밀었다.

"내가 구울게 가서 먹어."

"그래 네가 좀 구워라. 어우 연기."

김주호가 손을 내저으며 자리로 갔다.

그러면서 은근슬쩍 소주병에 손을 뻗었다.

노인이 눈에 불을 키며 손바닥으로 김주호의 손목을 쳐
냈다.

"내 이래서 따라온 거야. 이놈이 이거 머리에 피도 안 마
른 게 벌써부터 음주가무에 환장을 해서는."

노인이 혀를 찼다.

김주호는 썩어가는 표정으로 고기 두 겹을 집어 입에 구
겨 넣었다.

"정우야 너도 이리 와서 고기 먹어."

노인이 정우를 불렀다.

"예 관장님. 잠시만요. 이것만 굽구요."

잘 익힌 고기를 가져가 함께 먹었다.

바다를 보며 고기를 먹는 느낌은 일품이다.

시간이 난다면, 꼭 혼자서 여행을 가보고 싶었다.

자전거를 타고, 자유롭게.

그리고 이들과 함께 두 번째 여행을 떠나고 싶다.

정우는 미소를 지으며 왁자지껄 떠들고 있는 체육관 멤
버들을 바라보았다.

"뭐해 여기서."

정우는 바닷가 모래사장에 앉아 잘 보이지도 않는 밤바다를 멍하니 보고 있는 김주호 옆에 앉았다.

김주호의 표정은 어두워 보였다.

"무슨 일 있어?"

정우는 손에 묻은 모래를 털면서 물었다.

"이런 저런 생각이 나네."

김주호는 쓴웃음을 지었다.

"무슨 생각?"

"내가 이렇게 즐거워도 되는 건가. 뭐 그런 생각?"

"네가 살아온 시간 보다, 앞으로 살아가야 할 시간이 더 많잖아. 앞으로 잘하면 되지."

"그래도 내가 저지른 잘못들은 사라지지 않아. 아무리 지워내려고 해도 내 머릿속에서 사라지지 않는 것처럼."

"더 잘 해야지 그러니까."

"나 정말 괜찮은 거냐."

"뭐가?"

"내가 정말, 앞으로 나아가도 되는 건지. 자신이 없을 때가 많아. 솔직히 쓰레기잖아 나."

"잘못이 있다고 해서, 앞으로 나아갈 수 없다면. 할 수 있는 건 아무것도 없어. 실패를 통해서 배워나가. 그리고 갚아 나가면 되는 거지. 힘 내 그러니까."

"내가 온갖 악몽을 꾼다. 잠을 잘 못 자. 정말 끔찍한 악몽들이거든."

"이겨낼 수 있을 거다."

"나도 너처럼 그렇게 강하고 긍정적이었으면 얼마나 좋을까."

정우가 김주호의 어깨를 잡았다.

"너도 강해. 충분히."

"정우야."

"왜."

"나 정말 잘하고 싶다."

"잘하고 있어."

"공부하는 거도 막막하고. 내가 많이 모자란 거 알지만. 정말 최선을 다해서 한 번 달려볼 생각이다. 내가 그래도 되는 건지는 모르겠지만, 내가 얼굴에 철판 한 번 깔아볼라고."

김주호가 주먹을 꽉 쥐며 말을 이었다.

"힘든 사람들 도와줄 수 있는 재단도 만들 거고. 우리 회사. 정말 크게 키워서 누구에게도 지지 않는 그런 대 현기 그룹을 만들 거다."

"많이 힘들 거야."

"그러니까 네가 많이 도와줘야지."

"지금처럼 고개를 빳빳이 들고. 세상을 똑바로 바라봐

라. 포기하지 않는다면, 난 반드시 네 꿈이 이루어질 거라고 믿는다."

"네가 없었으면 시작도 못했을 일이겠지."

"됐어. 그런 말 마."

"고맙다 정말. 앞으로도 많이 도와줘. 나 역시 네가 네 꿈을 펼칠 수 있도록 최선을 다해 도와줄 테니까."

정우는 짧게 고개를 끄덕였다.

"그래. 같이 힘내자."

"너 보면 무슨 생각 드는지 아냐?"

정우는 의아한 눈길로 김주호를 쳐다봤다.

"네가 있으면 있잖아. 아무리 불가능한 일도 가능할 거라는 그런 생각이 든다. 그것도 아주 자주."

"징그럽게."

"진심이다."

김주호가 웃으며 말했다.

"나도 그래. 힘이 돼 정말. 너도 그렇고, 우리 체육관 사람들 모두."

"네가 잘 좀 지켜줘라 우리. 강하잖아 넌."

"술 먹었지?"

정우가 의심 가득한 눈길로 김주호를 쳐다봤다.

"냄새 나냐?"

"인간아…."

"그래서 술김에 말인데."

"또 뭐가."

"넌 좋아하는 사람 없냐?"

"무슨 소리야 뜬금없이."

정우가 웃으면서 말했다.

"에휴, 난 공부도 안 되고. 미치겠다 아주."

"너 누구 좋아해?"

"나중에 얘기해줄게. 쪽팔리니까."

"편한 대로 해. 남의 연애사는 별로 관심 없으니까."

"넌 정말 없냐?"

"없어 아직은."

"사고 때문?"

"그럴지도."

정우는 쓴웃음을 지었다.

"원래 남자가 여자라면 환장을 해야 정상인데. 너 정말 그러다 커밍아웃 할 수도 있다."

진지한 표정으로 말하는 김주호를 보며 정우는 가볍게 웃었다.

"너 그거 알아?"

정우의 말에 김주호가 고개를 갸웃거렸다.

"뭐가?"

"상상력이 심하게 풍부하다는 거."

"그건 알지. 그건 농담인데 지금 말하는 건 꽤 진심이야. 오지랖일 수도 있지만."

"얘기해."

"엘리스 정도면 괜찮지 않아? 애가 좀 성격이 모나긴 했어도. 얼굴 몸매 그 정도면 뭐 연예인급이지. 너한테 잘하지. 잘 어울리기도 하고."

정우는 작게 고개를 저었다.

"별로 자신이 없어서."

"무슨 자신?"

정우는 검은 바다를 바라보며 웃었다.

"뭔가를 시작하기가. 그게 사람이라면 더더욱. 좀……. 조심하게 되는 것 같다."

"안 어울리게 왜 그래."

"생각해보니까 그러네. 네 말대로 의외로 내가 겁이 많은 걸지도."

정우가 웃으며 김주호의 등을 토닥이고 일어났다.

펜션으로 멀어지는 정우를 보던 김주호는 짧게 한숨 쉬었다.

"그래. 누가 누구보고 연애 코치를 하냐. 너나 잘해라 너나."

김주호는 푸념을 하며 고개를 한숨을 푹 내쉬었다.

펜션에서 1박을 보내고, 아침은 라면으로 해결했다.

차를 타고 서울로 가는 길.

모두 피곤했는지 운전하는 노인과 조수석에 앉은 정우를 제외하고 모두 잠이 들었다.

"노인네 껴서 괜히 분위기 망친 건 아닌지 모르겠다."

노인의 말에 정우는 진지하게 고개를 저었다.

"절대 아니에요 그런 거."

"내가 참 각별해. 우리 연아 말이야."

정우는 뒤를 돌아봤다.

연아는 잠들어 있었다.

"연아 요즘에 힘든 일 있어요?"

정우가 그녀의 표정을 보며 물었다.

"열병을 앓고 있는 중이지."

"열병이요?"

정우가 모르겠다는 얼굴로 되물었다.

노인은 주름진 웃음을 지었다.

"그냥 흘려들어. 이 노인네가 끼어들 자리는 아니니까."

정우는 고개를 갸웃 거리며 웃었다.

"정우야."

"네?"

"내가 막상 체육관에 들어가긴 했지만. 나이도 많이 먹었고. 우리 연아 잘 부탁한다. 인명은 제천이라 하지 않니. 염치없는 부탁이지만, 조금만. 아주 조금만 챙겨주렴."

"무슨 그런 말씀을 하세요. 아직 정정하신데. 그리고 걱정하지 마세요. 제가 꼭."

정우는 뒤에서 자고 있는 체육관 멤버들을 보며 미소 지었다.

"지킬 겁니다. 이 사람들."

노인이 만족한 얼굴로 고개를 끄덕였다.

"고맙다."

4개월 전

2013년 2월 2일.

마스크를 낀 흰 와이셔츠에 검은 정장차림의 남자는 병원 복도를 빠르게 걸었다.

원장실 앞에서 네임카드 이름을 확인한 그는 주변을 한 차례 훑어본 뒤 아무도 없음을 확인하고 곧장 문을 열었다.

그는 원장실 안으로 들어가자마자 문을 걸어 잠갔다.

컴퓨터 작업을 하고 있던 원장은 갑작스레 들어온 남자를 보고 놀란 눈으로 화들짝 몸을 떨었다.

"뭡니까 당신?"

원장이 긴장한 목소리로 물었다.

"잠깐 얘기 좀 하지."

남자가 원장 반대편에 앉으면서 상의 재킷 단추를 풀었다.

원장은 불안감과 경계심이 가득한 눈초리로 남자를 살폈다.

남자는 개의치 않으며 지갑 안에서 신분증을 꺼내 책상 위에 올렸다.

원장은 안경을 올려 쓰며 그 신분증을 확인했다.

신분증을 본 원장의 동공이 굵어졌다.

"……무슨 일입니까?"

원장이 심각한 얼굴로 물었다.

"오늘 응급실로 실려 온 이현 환자. 기억하나?"

원장이 고개를 끄덕였다.

"사망처리 해."

"네?"

원장이 못 알아들은 얼굴로 되물었다.

"이현을 사망 처리한다."

그는 친절하게 다시 말해주었지만 내용은 전혀 친절하지 않았다.

원장의 얼굴이 창백하게 질렸다.

"그런 건 제 결정으로 할 수 있는 일이……."

남자는 손목시계를 보며 시간을 확인했다.

"지금쯤이면 담당자들이 절차를 밟고 있을 거야."

남자가 고개를 들어 서릿발 같은 눈으로 원장을 응시했다.

"실수는 곧 죽음이다."

원장의 얼굴에 식은땀이 한가득 맺혔다.

원장의 눈이 좌우로 흔들렸다.

그 눈을 보고 남자가 쐐기를 박았다.

"허튼 생각하면 쥐도 새도 모르게 죽어. 경찰에 대한 기대는 버려라."

심장을 얼리는 목소리에 원장은 숨이 막히는 듯 얼굴이 붉어졌다.

"제가 어떻게 하면 되는 겁니까……."

"어려운 일이 아니야. 절차를 밟아 보고가 올라오면 사망처리를 진행하면 된다. 의문을 품을 것 없이, 절차대로. 당신의 책임은 침묵. 그 뿐이다."

남자는 일어나며 원 버튼 재킷의 단추를 잠갔다.

"조만간 다시 연락이 갈 거다. 이현, 아니 이정우의 뇌 검사에 대한 부분이다. 조용히 기다리도록."

원장의 얼굴이 미묘히 일그러질 때, 남자는 몸을 돌려 원장실을 빠져나갔다.

병원 비상문을 통해 지하 주차장으로 내려온 그는 주변을 살피며 스마트키를 꺼냈다.

열림 버튼을 눌렀다.

열 발자국 정도 떨어진 곳에서 벤츠 헤드라이트가 불빛을 번쩍였다.

남자는 문 앞에서 잠시 생각에 잠겼다가 차문을 열었다.

벤츠 차량이 구불구불한 산길을 지나 커다란 빌라 앞에 도착했다.

오래된 건물이었지만 관리를 잘한 탓에 새것처럼 깨끗하다.

마당 안에 차를 주차하고 내렸다.

파릇파릇한 잔디를 밟고 선 남자는 조금 긴장한 표정으로 발걸음을 옮겼다.

빌라 출입구 문은 열려 있었다.

남자는 뒤를 한번 돌아봤다.

미행의 흔적은 없었다.

남자는 빌라 건물 안으로 들어갔다.

내부를 꼼꼼히 살핀 후, 큰 방으로 들어갔다.

잘생긴 미남이 싱글 침대 위로 잠들어 있었다.

"이현……."

남자는 잠들어있는 그를 내려다보며 그의 이름을 중얼거렸다.

그의 시선이 링겔을 꼽고 있는 팔로 옮겨졌다. 그리고 다시 얼굴로 올라갔다.

남자는 쓰게 웃었다.

그는 아주 편해 보이는 얼굴이었다.

"휴우."

남자는 깊은 한숨을 내쉬며 재킷을 벗어 옷걸이에 걸었다.

의사의 말에 의하면 이현의 머릿속에 문제가 생겼다고 한다.

깨어날 수 있을지 없을지 장담할 수 없는 상태.

이현은 이틀 간 일어나지 않았다.

남자는 며칠 새 까칠하게 자란 수염을 손으로 쓸었다.

침대 옆 나무 의자에 앉아 잠들어 있는 이현을 응시했다.

지난 기억들이 주마등처럼 머릿속을 스쳐 지나갔다.

남자가 쓴웃음을 지으며 일어날 때, 이현이 눈을 떴다.

남자는 커다랗게 뜬 눈으로 이현을 돌아봤다.

"이현!"

남자가 그의 이름을 부르며 어깨를 잡았다.

이현은 부스스하게 뜬 눈으로 남자를 보며 의아한 표정을 지었다.

"……누구세요?"

이현의 말에 남자의 얼굴이 무겁게 굳어졌다.

"누구냐니?"

이현이 빤히 쳐다본다.

아주, 낯선 눈빛으로.

"지한이다. 유지한이야. 날 모르겠어?"

남자가 마른침을 삼키며 물었다.

이현은 주변을 두리번거리더니 울상을 지었다.

"여기 어디에요? 저 집으로 갈래요."

이현이 겁먹은 목소리로 말했다.

충격이 머릿속을 흔들었다.

남자는 어깨를 잡고 있던 손을 놓으며 뒤로 물러났다.

다리에 힘이 빠졌다.

의자에 털썩 앉아, 유지한은 이현을 보며 멍한 눈을 했다.

겁을 잔뜩 먹고 있다.

그런 이현이 상체를 일으키며 불안한 눈초리로 자신을 흘겨봤다.

"정말 내가 누군지 모르겠어?"

유지한이 물었다.

"제 이름은 이정우인데요."

어눌한 발음으로 말한다.

자신 없이 움츠러든 어깨.

두려움에 떠는 눈빛.

긴장으로 뻣뻣해진 목.

유지한의 얼굴이 일그러졌다.

그는 자신이 알고 있는 이현이 아니다.

"네 이름이 이정우라고?"

유지한이 살짝 떨리는 목소리로 물었다.

이현이 여전히 불안해하는 얼굴로 고개를 끄덕였다.

유지한은 양 손으로 세수를 하듯 얼굴을 문지르며 일어나 휴대폰을 꺼내 의사에게 전화를 걸었다.

ㅡ 예 박사님.

"지금 당장 이리로 오셔야겠습니다."

ㅡ 무슨 일로….

"만나서 얘기하도록 하죠."

유지한은 전화를 끊은 뒤, 하얗게 탈색된 얼굴로 이현을 돌아봤다.

이현은 여전히, 영문 모를 얼굴로 자신을 바라보고 있었다.

제 3 화

미행

제 3 화
미행

I

병원에 가는 날이라, 홀로 학교를 나섰다.

수업을 마치고, 병원으로 가는 길.

정우는 불편한 기분이 자신의 등을 어루만지는 것을 느꼈다.

외부로부터 전해져 오는 그것은 공격적인 느낌은 아니었지만 상당한 불쾌감을 주었다.

정우는 앞을 보며 걷는 속도를 조금 올렸다.

머릿속으로 지도를 그렸다.

이 주변은 물론 서울시의 지도는 완전하게 꿰고 있다.

정류장에서 내려 병원으로 가는 길.

약 5분.

병원으로 가기 위해서는 계속 직진해야 했지만 정우는 경로를 비틀었다.

약간의 긴장감이 명치로 스며들었다.

정우는 자신의 예측이 점점 명확해지는 걸 느꼈다.

골목으로 들어와 오른쪽으로 길을 꺾으면서 곧장 뛰었다.

왼쪽 길로 들어가 벽에 등을 붙였다.

고개를 살짝 내밀어 쫓아오는 놈의 위치를 찾아보았다.

사람이 얼마 없어 금방 찾을 수 있었다.

누군가를 급하게 찾고 있는 검은 모자에 트레이닝복 차림의 남자.

오른쪽 어깨에는 작은 가방을 메고 있다.

고정된 어깨와 팔.

그를 바라보는 정우의 눈이 무겁게 가라앉았다.

정우는 시장 안쪽으로 빠르게 걸어갔다.

시장 중간 지점.

사람 한 명만 지나갈 수 있을법한 작은 폭의 골목 사이로 정우는 빠르게 뛰었다.

골목을 나가기 직전.

정우는 왼쪽 벽을 발로 차며 오른쪽 벽 난간 위를 손으로 잡고 넘어갔다.

기와로 된 백숙 마당을 지나 다시 벽을 뛰어 넘었다.

정우는 거칠어진 호흡을 소리 내지 않도록 조용히 고르었다.

발소리를 죽이면서 큰 골목으로 나왔을 때, 약 20m 앞에 자신을 미행했던 남자의 등이 보였다. 그는 통화를 하면서 걷고 있었다.

정우는 티셔츠 위에 입고 있는 교복 셔츠를 벗어 가방에 넣은 후, 고개를 반쯤 숙이고 사람들과 섞여 그의 뒤를 밟았다.

그는 큰 도로로 가지 않고 다시 오르막이 있는 골목길로 올라갔다. 그러면서 한 손으로 주머니에 손을 넣어 차 키를 꺼냈다.

정우는 뒤를 돌아봤다.

공사장과 아파트 뒤편을 낀 골목이라 사람이 없었다.

차를 타기 전에 잡아야 한다.

시간이 없었다.

정우는 전속력으로 오르막길을 뛰어올라갔다.

놈이 뒤돌아볼 때, 정우는 손에 든 가방을 버리고 그를 덮쳤다.

팔로 목을 휘어감아 오르막길 벽에 양쪽으로 주차된 좁

은 차 사이로 끌고 들어갔다.

정우는 목에 감고 있던 팔을 풀어 그를 벽에 밀쳤다.

붉게 상기된 얼굴로 상대가 주먹을 휘둘렀다.

머리를 숙여 피했다.

그의 주먹이 차 뒷유리를 때렸다.

삐용 삐용 삐용!

차가 경고음을 시끄럽게 토해냈다.

정우는 어금니를 꽉 깨물며 그의 복부와 얼굴에 두 차례
씩 주먹을 때려 넣었다.

그가 다리에 힘이 풀려 주저앉았다.

정우는 쓰러진 그의 얼굴에 무릎을 찍었다.

"후우!"

정우는 짧게 숨을 내뱉고 오르막길 도로가로 나왔다.

아직 하늘은 밝았지만, 이곳을 지나는 사람은 없었다.
시끄럽게 울리던 경적 소리가 멎었을 때, 정우는 차 사이
벽에 웅크리고 앉은 그에게로 돌아갔다.

그의 가방을 뺏어 안에 들어있는 소형 카메라를 분리했
다.

따로 메모리를 뺄 수 없는 일체형 소형 카메라였다.

정우는 그것을 바닥에 던져 발로 밟아 부서트렸다.

"누가 보냈어?"

정우가 물었다.

남자가 고개를 들어 작게 웃음을 터트리며 정우를 올려다보았다.

"그러니까 그게……."

남자가 말을 끌다가 발목에서 맥가이버 칼을 꺼내며 벌떡 일어났다. 그는 일어나면서 정우의 배 쪽으로 칼을 휘둘렀다. 정우는 칼을 휘두른 그의 손목을 잡은 후, 가볍게 비틀었다.

"어억!"

남자가 짧은 신음 소리를 냈다.

정우는 팔꿈치로 안면을 치고 무릎으로 허벅지 안쪽을 찍었다.

주저앉는 그의 얼굴을 잡아 벽에 밀친 뒤, 주먹으로 광대뼈를 후려쳤다.

뻑 소리가 나면서 얼굴이 바닥으로 훅 떨어졌다.

"으으…"

남자가 바닥에 새우처럼 누워 골골 거리는 소리를 냈다.

정우는 그의 품을 뒤졌다.

휴대폰과 지갑을 꺼냈다.

지갑에는 신분증이 들어 있지 않았다.

들어있는 것이라곤 지갑에 들어있는 건 차비로 쓸만한 5천원 짜리 한 장과 천 원짜리 3장 뿐이었다.

정우는 칼을 챙긴 후, 밖으로 나와 골목 중앙 부근에 버려둔 가방을 주워왔다.

그에게로 돌아와 가방에서 셔츠를 꺼냈다.

무릎을 굽혀 앉은 뒤, 놈의 머리를 잡아 세웠다.

남자가 게슴츠레하게 뜬 눈으로 정우를 흘겨봤다.

손으로 뺨 양쪽을 잡아 눌렀다.

벌어진 입 사이로 교복 셔츠를 구겨 넣었다.

"우욱!"

맥가이버 칼끝을 놈의 사타구니 쪽에 가져다 댔다.

"내 말 잘 들어. 네 선택은 둘 중 하나야. 미행 목적을 얘기한다면 고개를 끄덕이고 싫다면 고개를 저어. 하지만 만족할만한 반응이 아니라면⋯⋯."

정우의 눈이 진지한 뜻을 내보였다.

"평생 남자 구실은 할 수 없을 거다."

어설픈 협박은 통하지 않는다.

필요하다면 정말 그어버릴 생각이다.

그런 마음이어야만 상대를 두려움으로 굴복시킬 수 있다.

정우의 눈을 본 남자의 얼굴에 땀이 줄줄 흘렀다.

"대답은?"

정우가 물었다.

남자가 즉각 고개를 끄덕였다.

그 때, 바닥에 그림자가 생겨났다.

정우가 뒤로 몸을 돌릴 때, 셔츠를 물고 있던 남자가 정우의 옷을 잡아 당겼다.

쓰러진 정우의 몸 위로, 큰 덩치의 남자가 두꺼운 주먹을 날렸다.

정우가 눈을 뜨고 이마로 주먹을 들이 받았다.

큰 덩치가 얼굴을 찌푸리며 팔을 뺐다.

정우는 손에든 맥가이버 나이프로 뒤에서 자신을 잡고 있는 남자의 허벅지를 찔렀다.

나이프가 남자의 허벅지에 박혀 들어갔다.

"끄악!"

남자는 비명을 지르며 몸을 좌우로 비틀면서도 정우를 놓지 않았다.

정우는 허벅지에 꽂아 넣은 나이프를 비틀었다.

"아아악!"

남자가 비명을 지르며 정우를 잡고 있던 손을 놓았다.

정우의 머리 위로 큰 덩치의 발이 날아왔다.

팔을 세워 발차기를 막고 일어나면서 주먹으로 그의 낭심을 올려 쳤다.

"……억."

남자가 입을 쩍 벌리며 즉시 무릎을 꿇었다.

팔꿈치로 관자놀이를 후려치자 190은 될법한 거구가 바닥으로 쓰러졌다.

"후우…."

정우는 티셔츠 목덜미를 잡아당기며 더운 숨을 뱉었다.

"누구야?"

정우가 허벅지에 나이프가 박혀들어간 남자를 내려다보며 물었다.

그는 땀이 가득한 얼굴로 가쁜 숨을 쉬고 있었다.

"으으……."

큰덩치가 천천히 몸을 일으켰다.

정우가 그의 뒤통수를 밟았다.

얼굴이 아스팔트에 찍히면서 눈이 반쯤 돌아갔다.

정우는 바닥에 떨어져 있는 셔츠를 주우면서 그를 노려봤다.

"대답해라."

정우가 화난 눈빛으로 그를 노려보았다.

남자가 입을 열려는 순간 경찰 사이렌 소리가 울렸다.

정우는 가방을 챙기고 남자의 허벅지에 꽂혀있는 나이프를뽑았다.

"크윽!"

남자가 얼굴을 떨면서 통증을 참았다.

정우는 자리를 떴다.

위로 올라가려다 비교적 낮은 아파트 담을 보고 정우는

바로 아파트 뒤쪽으로 넘어 들어갔다.

위치를 벗어 날 때 경찰차가 오르막길을 올라오고 있었다.

◇◇◇

보르고프는 몰래 촬영된 동영상을 보면서 턱수염을 쓸어 만졌다. 동영상을 보고 있는 보르고프의 눈은 흥미로 가득했다.

재밌구먼.

동영상 속으로 보이는 고등학생의 움직임.

그것은 결코 평범하지 않다.

고작해야 고등학교 3학년 주제에, 미행을 감지하다니.

더 놀라운 일이 잠시 후 보르고프의 눈앞에 벌어졌다.

경로를 바꿔 미행자의 등 뒤를 쳤다.

단숨에 미행자를 제압하고선 카메라를 파괴하고 휴대폰은 기본, 연락 가능한 모든 가능성을 차단시켰다. 그리고 골목길에서 대담한 고문이 시작됐다.

보통이 넘어.

보르고프는 끌끌 거친 쉰소리로 웃었다.

혹시 놓칠 수 있는 상황을 대비해 미행을 더 붙여 놓았다.

한 놈을 완전히 제압한 후 녀석은 두 번째 미행자까지 쓰러트렸다.

절대 평범한 녀석이 아니야.

보르고프는 고개를 갸웃 거렸다.

고작해야 열아홉인데…… 무슨 배경일까?

그 느끼한 놈이 관심을 가질만 하긴 하네.

보르고프는 피식 웃으며 컴퓨터 모니터를 껐다.

일이 조금 복잡하게 됐다.

경계심이 올라갔을 테니 어쩔 수 없이…….

보르고프의 미간이 일그러졌다.

"직접 데려갈 수밖에."

그는 정우가 찍혀있는 사진을 키보드 앞에 던지며 호텔룸을 나갔다.

Ⅱ

정우는 집으로 돌아오자마자 화장실로 들어가 세수를 했다. 물기 묻은 얼굴을 들어 거울 속 자신의 눈을 응시했다.

두 명의 미행자.

누가 보낸 것일까?

프로였다.

경찰을 보내고 그들을 재 미행 했지만 놓치고 말았다.

작정하고 따돌렸다.

어른이 개입 됐다면 그 이유는 두 가지 밖에 떠오르지 않았다.

민 대표.

그는 죽었지만 그와 이어진 줄은 끊어지지 않았을 가능성이 높다.

그리고 다른 하나는 김주호를 구할 때 자신을 도와줬던 정체불명의 남자.

정우는 욕실을 나왔다.

거실에 던져둔 가방을 들어 방으로 들어올 때 김주호에게서 전화가 걸려왔다.

"여보세요."

– 어디야?

"집에 잠깐 들렸어. 곧 갈 거야."

– 오늘 회식 할 거니까 혹시라도 밥 먹지 말고 와. 첫째 날이라 회의 길지 않을 테니까.

"그래."

전화를 끊고 침대에 누웠다.

미행자들의 모습이 머릿속에서 떠나질 않았다.

불안감이 끝없이 등허리를 찔러왔다.

먼저 찾아내야 한다는 생각이 머릿속을 지배했지만 마땅한 방법이 떠오르지 않았다.

작은 초조함이 명치 부근을 두드리는 기분이 들었다.

몸을 일으켜 아버지와 어머니에게 전화를 걸었다.

두 분 모두 탈 없이 전화를 받으셨다.

부모님의 안전을 확인한 뒤, 베란다로 나가 바깥을 살폈다.

수상한 이들은 보이지 않았고 높이가 있어 찾기도 어려웠다.

생각을 깊게 해봐도 답이 보이질 않았다.

머릿속이 무겁다.

정우는 경찰에 전화를 걸었다.

오늘 있었던 상황을 이야기했다.

현장 위치 주변 cctv로 조사를 요청했고, 부모님의 안전에 각별한 주의를 기울여달라고 부탁했다.

"검사님."

tv를 보며 짬뽕을 먹던 최 검사가 계장을 쳐다봤다.

"왜?"

계장이 최 검사 옆에 의자를 끌어와 앉았다.

"터졌습니다."

"뭐가? 네 살?"

"아 진짜. 살이 왜 터져요."

"그럼 뭐가 터졌는데."

"이정우요."

면을 입에 넣으려던 최 검사의 눈빛이 변했다.

"이정우?"

최 검사가 한 손에 들고 있던 짬뽕 그릇을 테이블에 내려놓고 휴지로 입을 닦았다.

"이정우 감시하라고 하셨잖아요. 매일 할 수는 없어서 3일에 한 번 꼴로 했었는데. 제가 원래 안 나가는 날이라 그냥 검찰에 있으려 했거든요? 근데 이상하게 그 날 따라 기분이 거시기 하더라고요. 그래서 이정우를 찾아가봤는데."

"찾아가봤는데?"

"미행이 붙은 것 같아요."

"어떤 놈들이야?"

"이정우가 미행을 눈치 채고 도망치는 것 까지만 확인했어요. 그 뒤로는 확실하게 모르겠지만, 경찰이 미행했던 녀석들과 접촉하게 됐는데 놓쳤답니다."

"병신들."

"요거 요거 조만간 큰 거 하나 터질 삘인데요?"

"이정우와 김주호 쪽 지금 신변보호 계속되고 있지?"

"그게 요즘 좀 뜨문뜨문 해졌는데, 이정우가 경찰에 연락해서 신변보호 강화를 요청해서 다시 스케줄 돌리고 있는 것 같습니다."

"이정우 스케줄 파악해서 학교에 있을 때 제외하고 집중 감시해."

"아니 검사님. 제가 무슨 경찰도 아니고……."

"까라면?"

계장이 시무룩한 얼굴로 죽상을 했다.

"까야지요."

"짬뽕 다 불었다. 네가 마저 먹고 치우던가 해."

최 검사가 담뱃갑을 들고 자리를 털었다.

"내가 무슨 잔반처리반인 줄 아나. 남은 걸 왜 먹……."

계장이 해물이 있는 걸 보고 눈을 반짝였다.

"삼선짬뽕이네?"

계장이 최 검사가 나가는 걸 보고 히히덕 거리며 나무젓가락을 들었다.

체육관 유리문이 열렸다.

"냄새."

엘리스가 정우와 함께 체육관 안으로 들어서며 말했
다.

인테리어 공사를 마친 지 얼마 되지 않아, 공사 냄새가
아직 남아 있었다.

"냄새 같은 소리하고 있네."

뒤이어 들어온 김주호가 인상을 쓰며 엘리스를 노려봤
다.

"내가 노숙자는 받을 지언정 너는 내 체육관에 들이고
싶지가 않다. 그러니까 좀 나가줄래? 이건 진심이다."

김주호의 말에 엘리스는 쳐다도 보지 않고 그저 가볍게
중지 손가락만 세워 보였다.

"저게…!"

주먹을 들던 김주호가 눈을 질끈 감으며 화를 삭혔다.

"어휴, 상종을 말자 그냥."

김주호가 고개를 저을 때, 사무실에서 채아가 나왔다.

"정우 왔어?"

"안녕하세요."

정우가 깍듯이 머리를 숙였다.

김주호는 목만 살짝 까딱했다.

"안녕. 이름이 엘리스라고 했었지? 또 보네. 그 날 얘기
를 많이 못 해서 아쉬웠는데. 우리 빨리 친해지자."

엘리스가 무뚝뚝한 눈으로 채아를 쳐다봤다.

정우가 손으로 엘리스의 뒤통수를 눌렀다.

"인사부터 해."

"안녕하세요."

엘리스가 무미건조하게 인사했다.

"……그래."

채아가 어색하게 웃으며 고개를 끄덕였다.

"정우야 회의 언제 시작해?"

채아가 물었다.

"관장님은요?"

"잠깐 나가셨어. 한 10분 걸린다고 하시던데?"

"그럼 6시에 회의하는 걸로 해요."

"알았어."

채아가 사무실에 들어간 뒤 정우가 김주호의 어깨를 잡았다.

"잠깐 얘기 좀 하자."

"야 어른들 말씀하시니까 넌 저리 가 있어."

김주호가 엘리스를 향해 손을 휙휙 저었다.

엘리스가 팔짱을 끼고 정우를 쳐다봤다.

"우리가 잠깐 나가자."

정우의 말에 엘리스가 눈살을 찌푸렸다.

"무슨 얘긴데 나 빼놓고 해. 내 얘기야?"

"그런 거 아니야."

정우가 말했다.

엘리스가 뾰로통한 표정을 지었다.

정우는 김주호를 데리고 체육관 밖으로 나왔다.

"무슨 얘기야?"

김주호가 담배를 꺼내 입에 물면서 물었다.

"체육관 입구에서 담배 피지 마라."

"아차차. 내 정신 좀 봐라."

김주호가 주변을 살피며 황급히 담뱃갑을 주머니에 넣었다.

"근데 표정이 뭐가 그리 심각해?"

"당분간 혼자 다니지 마라."

"왜?"

"미행이 붙었다."

"너한테?"

정우가 짧게 고개를 끄덕였다.

김주호의 얼굴에 순식간에 공포가 어렸다.

"설마…."

"나도 확실히는 몰라."

트라우마가 올라오는 듯 김주호의 얼굴이 일그러졌다.

"집으로 가기 전에 사람 불러. 조심해야 된다. 보통이 아니었어."

"그 미행자들?"

"그래."

"샹……."

김주호의 얼굴이 흙빛으로 굳어졌다.

정우는 약 50여미터 떨어진 곳에 위치해 있는 오래된 연식의 차량을 바라봤다.

김주호가 그 시선을 따라갔다.

"뭘 보고 있는 거야?"

"검찰 쪽에서 우리를 감시하고 있다."

"경찰이 아니라 검찰이라고?"

"검찰 쪽에선 가끔 미행이 붙었었어. 일주일에 한 두 번 정도. 그런데 최근 들어선 밀착으로 감시하고 있다. 그 건 검찰 쪽에 뭔가 흘러들어갔다는 얘기야. 경찰이 모르는 뭔가를."

김주호가 침을 꿀꺽 삼켰다.

"사람을 몇 명 정도 붙여야 될까?"

김주호가 초조하게 말했다.

"적어도 넷."

"너무 많지 않아?"

정우는 고개를 저었다.

"전혀."

"알았다. 아, 그리고 너한테 네 명 붙여줄게. 보낼 때 미리 얘기……."

"필요 없어."

김주호가 눈살을 찡그렸다.

"그냥 받아. 그 자식들 장난 아닌 건 너도 알잖아."

정우가 얼굴을 굳혔다.

"내가 역으로 친다."

"역으로 친다니? 뭘 어떻게?"

"미끼를 던져야겠지. 언제까지고 놈들이 치기를 기다리고만 있을 수는 없어. 그렇게 끌고 가선 결국 틈이 드러나기 마련이니까."

"그렇긴 하지만……. 혼자서는 무리야. 위험하다고."

"인원수가 많아지면 꼬리를 잡을 수가 없어. 위험한 만큼 미끼를 물어올 가능성이 높다."

김주호가 손으로 눈을 가리며 한숨을 내뱉었다.

"돌겠네."

엘리스가 밖으로 나왔다.

"하여튼 저 청개구리."

엘리스는 김주호를 무시하고 호기심이 어린 눈으로 정우를 쳐다봤다.

김주호는 한숨을 쉬며 체육관 안으로 돌아갔다.

◆◆◆

"미행 때문인지 확실히 김주호는 가드가 올라갔습니다."

부하의 말에 보르고프가 담배를 입에 물으며 고개를 끄덕였다.

"이정우는?"

보르고프가 물었다.

"평소와 별로 다를 게 없습니다. 지금처럼이라면 언제라도 문제없이 처리할 수 있을 것 같습니다."

보르고프가 피식 웃었다.

"그렇게 만만한 놈이 아이다."

"하지만 제 아무리 잘나봐야……."

"어이."

무게 있는 보르고프의 목소리에 부하가 잔뜩 힘이 들어간 얼굴로 머리를 숙였다.

"죄송합니다."

"내 말은 짜르더라도 방심은 하지 마라. 그건 내를 맥이는 거다. 알겠나?"

"죄송합니다!"

부하가 다시 고개를 숙였다.

"후우……."

보르고프는 뿌연 연기를 뿜으며 모니터 속 이정우를 지그시 응시했다.

제 4 화

전조

제 4 화
전조

I

신설된 체육관 탈의실에 들어온 정우는 땀으로 흠뻑 젖은 얼굴을 수건으로 닦아냈다.

일주일이 지났다.

수건을 쥔 정우의 손에 힘이 꽉 들어갔다.

미끼를 물지 않아…….

일주일 동안 야구부 코치가 교체된 것 말고는 특별할 게 없었다.

정우는 이를 바득 갈았다.

사람이 뒤로 붙을 수 있도록 늘 체육관을 마치고 늦은

시간에 귀가 했다.

하지만 그 동안 개미새끼 한 마리 보이지 않았다.

현재 놈들의 전략을 모르는 상황이라 정우는 답답함이 클 수밖에 없었다.

경찰의 보호 감찰도 물렸다.

그럼에도 놈들은 나타나질 않고 있다.

납치라는 게 쉽지가 않다.

작업을 실행함에 앞서 철저한 조사는 기본이다.

그러기 위해선 미행이 붙을 수밖에 없다.

놈들이 신중을 기하는 거라면 더더욱 철저하게.

하지만 그 꼬리의 그림자도 볼 수 없었다.

시간을 들일 생각인가?

길어지는 건 질색이지만, 놈들이 그런 식으로 나온다면 방법이 없다.

기다리는 수밖에.

정우는 캐비넷을 열었다.

손을 뻗어 나이프 세 자루를 잡아 어루만졌다.

미행 사건 이후로, 늘 지니고 있다.

비상시 언제든 사용할 수 있도록.

정우는 눈을 감아 놈들의 흔적을 지워버린 뒤, 샤워실로 들어갔다.

"여깁니다."

박기영이 건물을 가리켰다.

보르고프는 담배를 피면서 건물을 올려다 보았다.

상당히 높은 건물이다.

얼핏 봐도 15층은 훌쩍 넘어 보였다.

보르고프는 코를 훌쩍이며 주변을 살폈다.

재개발 지역.

판자촌을 허물고 호텔 사업을 위해 건물을 새로 올리고 있는 중이다.

밤에 작업하기엔 제격일 것 같았다.

"괜찮네."

박기영이 미소 지었다.

"근데 웃돈 좀 줘야 되겠다."

박기영의 얼굴에서 미소가 사라졌다가 다시 제자리로 돌아왔다.

"한도 내에서 맞춰 드리겠습니다."

"배달 끝나는 대로 뜰 거니까 그렇게 알고 있고. 일 생겨서 연락할 일 있어도 6개월 내로는 곤란하다. 무슨 말인지 알제?"

"알겠습니다. 날짜는 언제쯤으로 잡고 계십니까?"

"내일 밤."

"인원 보충은 필요 없으십니까?"

"우리 애들이면 충분하다."

"혹시나 싶어 다시 말씀드리지만, 생포해서 데려오셔야
합니다."

보르고프가 소리 없이 웃었다.

"걱정 마라. 복수는 제 손으로 해야 제 맛 아이가. 고마
안으로 드가자. 작업실은 몇 층이고?"

"지하에 따로 공간을 마련해뒀습니다."

보르고프가 눈썹을 긁으며 고개를 끄덕이며 박기영과
함께 건물 안으로 들어갔다.

알람 소리에 눈을 떴다.

am 7:02

정우는 침대에서 내려와 암막커튼을 쳤다.

눈부신 햇빛이 방안을 가득 채웠다.

거실로 나와 물 컵을 잡은 정우는 그만 손에서 컵을 놓
치고 말았다.

툭 소리가 나며 도자기로 된 컵이 산산조각이 났다.

정우는 눈살을 찌푸리며, 깨진 파편들을 내려다보다가
거실불을 켰다.

미신을 믿지는 않지만 왠지 기분이 찜찜한 건 어쩔 수가 없었다.

정우는 부모님이 깨어나기 전에 얼른 치워야겠다고 생각했다.

거실을 깨끗이 정리하고 등교 준비를 했다.

샤워를 한 뒤 거실 베란다 쪽으로 나가 바깥을 훑어 봤다.

꽤 주의 깊게 살펴봤지만 딱히 눈에 잡히는 사람들은 없었다.

샤워를 끝내고 가방을 챙겨 집을 나섰다.

아파트 동을 나와 정류장으로 가는 내리막길을 걸었다.

습관처럼 주변을 살폈다.

혹시나 뒤로 누가 붙지는 않았을까 하는 생각에 경계심을 놓지 않았다.

정우의 감각이 곤두섰다.

있다.

불편한 감각이 느껴졌다.

자신을 주시하고 있는 기분 나쁜 느낌을 받았다.

걸으면서 은근하게 시야를 확장시켰다.

자신을 따라오고 있는 규칙적이던 발소리가 깨졌다.

다가온다.

정우는 몸을 돌려 자신에게 달려드는 남자의 한 쪽 팔을 잡고 멱살을 잡아 바닥에 업어쳤다.

시멘트 바닥에 몸이 떨어진 남자는 얼굴을 와락 일그러 트리며 통증을 호소했다.

정우는 교복에 묻은 흙모래를 털어내며 남자를 내려다 보았다.

얼마 전에 만났던 미행범들과는 다르게 평범했다.

짧은 수염이 지저분하게 나 있었고 곱슬머리는 씻지 않 았는지 덥수룩했다.

배가 불뚝 나온 아저씨로 40대 정도로 보였다.

정우는 쓰러져 있는 그의 품에 무기가 있는지 살펴보았 지만 아무것도 나오지 않았다.

"누구야 당신?"

정우가 남자를 내려다보며 물었다.

남자는 허리를 붙잡고 몸을 일으켜 울먹이는 얼굴로 정 우를 노려보았다.

"뭐냐고?"

정우가 날카로운 어조로 말했다.

그가 땅바닥을 보며 흐느끼는 울음을 흘리다가 정우 앞 으로 무릎으로 기어왔다.

"부탁이야. 야구부 자리 돌려줘. 이 나이에 다시 자리 잡기 힘들단 말이야."

남자는 통증에 앓는 소리를 내면서도, 정우의 바짓가랑이를 붙잡으며 애원하듯 말했다.

그때서야 정우는 남자의 정체를 알 수 있었다.

그 동안 얼굴을 본 적이 없어 몰랐는데 아마도 야구부 코치인 것 같았다.

"그걸 왜 저한테 찾아와서 부탁하는 겁니까?"

"네가 잘랐잖아!"

코치가 붉은눈으로 버럭 소리를 질렀다. 하지만 이내 그의 표정은 곧 힘없이 무너져 내렸다.

"부탁이야. 제발 교장한테 얘기해서 내가 있던 자리로 좀 돌려보내줘. 이대로 대령고에서 나가면 나 정말 끝이라고."

코치가 절박하게 말했다.

정우의 눈이 냉랭하게 얼었다.

"제가 한 게 아닙니다."

"딸이 병원에 있어."

남자가 정우를 올려다보며 손바닥을 비볐다.

"부탁이야. 앞으로 조용히 있을게. 시키는 대로 뭐든 할 테니까. 제발 부탁이야."

"병원이요?"

"백혈병."

얼굴을 봐선 거짓말을 하는 것 같지는 않았다.

정우는 한숨과 함께 어금니를 씹었다.

"당신 딸 지키기 위해서 누군가의 꿈을 짓밟는 건 정당화 될 수 없어. 시간을 쪼개고 쪼개서 일을 하고 후원 단체를 찾아나서 당신이 할 수 있는 일을 했어야지."

코치가 힘없이, 소리 없이 웃었다.

"세상은 그렇게 만만하지가 않아."

정우는 엄지로 관자놀이를 눌렀다.

"딸이 있는 병원이 어딥니까?"

"그건 왜?"

"그게 사실이라면 제가 다시 교장과 얘기를 해볼 생각이니까요."

"고마워. 정말 고맙다."

코치가 정우의 손을 양손으로 붙들었다.

"그만 일어나세요."

정우는 그에게 병원 위치와 딸의 이름을 전해들은 뒤, 병원에 전화해 상태를 확인했다.

그의 말대로 그의 딸은 힘겨운 싸움을 하고 있었다.

통화를 끊은 뒤, 정우는 남자를 돌아봤다.

"아무리 힘든 상황이라고 해도 피해를 줘선 안 됩니다. 당신의 상황이 어떻든 두 번의 기회는 없을 겁니다."

코치가 머리를 연속해서 끄덕였다.

정우는 그를 뒤로 하고 정류장으로 향했다.

◇◇◇

"다시 복직시키라고?"

교장이 똥 씹은 얼굴로 되물었다.

"네."

김주호가 덤덤한 얼굴로 대답했다.

이 새끼가 진짜 똥개 훈련시키는 것도 아니고.

죽겠네 정말.

"싫으십니까?"

"너 진짜 너무 하는 거 아니야!"

교장이 삿대질을 하며 소리 쳤다.

"손가락 치워."

김주호가 차갑게 말했다.

교장은 이를 꽉 물며 화를 삭이려 애썼다.

이 새끼가 이제 대놓고 반말을……

교장 체면에 이런 쌩 양아치 같은 놈한테 당해야 하다

니.

"혹시 말이야. 지금 나 엿 먹일라고 작정한 거냐 너?"

김주호가 교장 앞으로 한걸음 다가갔다.

교장이 움찔 놀라 살짝 뒤로 물러났다.

김주호가 교장의 넥타이를 당겨 느슨하게 풀었다.

"그래요 그럼. 그게 그렇게도 마음에 안 드시면 당신 마음대로 하세요. 복직시키든지 말든지. 저도 당신같은 사람 상대하기 귀찮아졌으니까."

정우가 교장을 싸늘하게 보고 몸을 돌렸다.

교장이 허겁지겁 김주호를 잡아 세웠다.

"아니 그게 아니라. 할 거야 할 건데. 너무 이제 이랬다 저랬다 하니까 나도 좀 그런 거지 뭐. 알았어. 시키는 대로 할 테니까. 그 표정 좀 풀고 응?"

교장이 김주호의 어깨를 주물렀다.

김주호가 얼굴을 구기며 교장의 손을 쳐냈다.

"명심하세요 이 아저씨야. 조금이라도 물을 흐리는 순 간 낚시줄이 당신 입을 꿰게 될 테니까."

김주호가 교장실을 거칠게 나갔다.

문이 닫히지 않고 덜렁 거렸다.

멀어지는 김주호의 뒷모습을 보며 교장은 얼굴을 부르 르 떨었다.

1년.

아니 거진 반년이다.

반년만 참으면 저 썩을놈을 볼 일도 없어.

교장은 창가로 걸어가 퀭한 눈으로 파란 하늘을 올려다 보았다.

"이 짓도 정말 더러워서 못해먹겠네. 시벌……."

교장은 땅이 꺼질 정도로 한숨을 푹푹 내쉬었다.

Ⅱ

옥상으로 올라가자 김주호가 누워 있었다.

"여기 있을 줄 알았다."

정우가 김주호 옆에 앉으며 말했다.

"여기가 진짜 내 집 아니겠냐."

김주호가 피식 웃으며 말했다.

"처음 만났을 때가 며칠 전만 같네 꼭."

"시간 빠르지. 눈 감았다 뜨면 우리 회사에 너랑 내가 같이 다니고 있을 거다."

정우는 엷게 웃었다.

"상상이 잘 안 되네."

"난 티셔츠에 청바지 입을 거야. 스티브 잡스처럼. 아주 네츄럴하게."

정우는 하늘을 보며 웃었다.

"정우야."

김주호의 부름에 정우는 시선을 돌렸다.

"왜?"

"같이 한 번 날아보자. 진짜."

김주호가 반짝이는 눈으로 말했다.

"공부나 좀 열심히 해라."

"분위기 깨지 마라. 난 지금 아주 달콤한 꿈을 꾸고 있으니까."

　김주호가 구름을 보며 취한 듯한 얼굴로 말했다.

　"변태같이 뭘 헤벌쭉 하고 있냐."

　민정태가 아이스크림을 입에 물고서 나타나 김주호 옆에 앉았다.

　"야 민정태. 이 옥상 내 허락 없이 이렇게 막 들어오면 안 되는 거거든? 좀 꺼져라."

　"지랄도 병이다."

　"야구부는 어떻게 돌아가냐?"

　김주호가 툭 던지듯이 물었다.

　"네가 잘랐냐? 코치 새끼."

　"아니."

　김주호가 입술로 정우를 가리켜 쭉 내밀었다.

　"다시 복귀할 거야. 당췌 착한 놈인지 무서운 놈이지 분간이 안 간다니까."

　김주호의 말에 민정태가 드러누우려던 상체를 벌떡 세웠다.

　"왜?"

　"딸이 백혈병이래요."

　"코치가 그러디?"

　"정우한테 찾아가서 싹싹 빌었댄다. 운이 좋은 거지. 나한테 왔으면 얄짤 없었을 텐데."

"나 참."

민정태가 어이없는 듯 웃었다.

"그거 순 개 뻥일걸? 백혈병은 무슨. 씨나락 까먹고 앉았네."

"정우가 병원에 전화해서 확인했어."

"……그게 진짜라고?"

"그래. 복귀하는 대신 앞으로 그런 일은 다시없을 거라고 약속했으니까 정태 너도 인마 열심히 해라. 내가 시합보러 갈게."

김주호의 말에 민정태가 아이스크림을 깨물며 씁쓸한 표정을 지었다.

김주호가 민정태의 어깨를 주먹으로 툭 밀었다.

"민정태. 네가 열심히 하면, 우리 현기 그룹이 너를 스폰 해줄 거다."

민정태가 가운데 손가락을 올려 보였다.

"필요 없어."

김주호가 혀를 찼다.

"하여튼 이 새끼는 공과 사를 구분을 못한다니까. 현기 그룹 스폰이면 인마! 응?"

"뭐?"

"그러니까. 그 뭐냐. 스폰이면."

"난 어차피 잘 될 거고. 내가 잘 되면 내 스폰이 줄을 설

텐데. 내가 너한테 잘 보여야 할 필요가 있나?"

"아니 그러니까……."

"뭘 모르면 좀 가만히라도 있어라. 괜히 중간도 못 가고 개 쪽 팔지 말고."

"아니 씨바 네가 잘 안 될 수도 있잖아?"

"네가 회사를 말아먹을 수도 있는 것처럼?"

"그거랑 그거랑 같냐 멍청아?"

"뭘 해도 너보단 나을 거다."

김주호가 뱁새눈으로 정우를 쳐다봤다.

"왜?"

정우가 웃으며 말했다.

"넌 누가 더 망할 확률이 높아 보이냐?"

"난 둘 다 잘 될 것 같은데?"

김주호가 고개를 끄덕이곤, 민정태를 보았다.

"하여튼 쟨 좀 재미가 없다니까."

"네가 더 재미없거든."

"아오 저 새끼도 누구처럼 한 마디를 안 지네."

민정태가 남은 막대 아이스크림을 마저 깨물며 일어날 때, 엘리스가 들어왔다.

"양반 못 되네 진짜. 그리고 이젠 개나 소나 내 아지트를 침범하는구만."

"뭐야. 둘이 데이트 약속에 우리가 방해하는 거?"

민정태가 눈웃음을 지었다.

"무슨 말이야 그게."

정우가 정색하며 말했다.

"지나친 부정은 강한 긍정이랬는데. 우리가 피해줘야겠다 김주호."

"내 옥상……."

"시끄러."

민정태가 김주호의 목에 헤드락을 걸어 옥상을 나갔다.

엘리스가 바람에 날리는 머리를 귀 뒤로 넘기며 정우 옆에 찰싹 붙어 앉았다.

"좀 뜬금없긴 하지만, 확실하게 얘기하는 게 예의인 것 같아서. 미안한데 난 아직 네가 여자로 안 보여. 그럴 여유가 없거든."

정우가 말했다.

"상관없어."

엘리스는 정우의 어깨에 머리를 기댔다.

"왜?"

"내가 네 옆에 있고 싶으니까."

정우는 하늘을 보며 소리 없이 한숨 쉬었다.

"무슨 일 있어?"

정우가 물었다.

"아니."

평소와 달리 목소리에 힘이 없었다.

그녀는 어째서인지 많이 다운되어 있었다.

그래서일까.

평소라면 어깨를 뺐을 테지만.

지금은 그럴 수가 없었다.

정우는 어깨를 내어주고 가만히 하늘을 올려다보았다.

구름 한 점 없는 파란 하늘은 아름다웠다.

언제나처럼.

◇◇◇

수업을 마치고 김주호와 함께 체육관에 도착했다.

엘리스는 오전에 일찍 조퇴를 한 탓에 따라오지 않았고 민정태는 요즘 한창 야구 연습에 열중이라 체육관은 주말마다 오기로 했다.

체육관 안으로 들어가자 채아가 환하게 웃으며 인사를 해왔다.

김주호는 그녀에게 짧게 인사하고 회의실로 먼저 들어갔다.

"고생 많으세요."

정우의 말에 채아가 고개를 저었다.

"아니야. 재밌어."

"그건 뭐에요?"

"아 이거 면접 본 사람들인데. 한 번 봐봐."

정우는 손을 내저었다.

"선생님이랑 관장님이 직속이니까 마음에 드시는 분들로 하세요."

"알았어."

채아가 미소 지으며 대답했다.

"아 빨리 회원이 가득 찼으면 좋겠다."

채아가 양 팔을 좌우로 쭉 뻗으며 말했다.

"식사하셨어요?"

"아니 아직."

"그럼 같이 밥 먹어요."

"시켜 먹어야 되겠다. 광고지 많아. 뭐 먹고 싶어? 선생님이 살게."

"관장님은요?"

"아 맞아. 아마 오늘 체육관 못 오실 것 같아. 연아도 그렇고."

"왜요?"

"글쎄. 잘은 모르겠는데. 외국에서 손님이 오신 모양이야."

"그래요? 그럼 저희끼리 먹어야겠네요. 선생님은 뭐 드시고 싶은 거 없으세요?"

"난 아무거나 상관없어."

"그럼 제가 주호랑 얘기해볼게요."

"응."

정우는 회의실 문을 열고 안으로 들어갔다.

김주호는 회의 자료를 체크하고 있었다.

"밥 시켜 먹을 건데 먹고 갈 거지?"

"시켜 먹는 것도 좋지."

김주호가 자료를 두고 일어났다.

"뭐 먹을 건데?"

김주호가 물었다.

"이제 맞춰야지. 뭐 먹고 싶은 거 없어? 선생님이 산다는데."

"짱개 시켜 먹자 그럼."

"그래. 그리고 관장님이랑 연아는 외국에서 손님 왔다고 오늘 못 온다고 했어."

"알았어. 야 근데 중국집 번호 어디…… 아 여기 광고지 있네. 내가 주문 한다? 너 뭐 먹을 건데?"

"짜장."

"채아쌤은?"

"나가서 물어봐."

108

김주호가 회의실에서 나가고, 정우는 의자에 앉았다.

잠시 후, 김주호가 주문을 마치고 회의실로 돌아와 광고지를 대충 서랍 하나를 열어 넣었다.

"짜장 3개에 탕수육 하나로 시켰다."

김주호가 의자에 늘어지게 앉으며 말했다.

"아 공부하기 싫어 죽겠네."

김주호가 천장을 보며 의자를 빙빙 돌렸다.

"넌 어떻게 공부가 그렇게 갑자기 확 늘었냐? 비법 있으면 좀 알려줘 봐. 치사하게 혼자만 알고 있지 말고."

정우는 고개를 갸웃거렸다.

"암기력이 좋아졌어. 집중도도 올라간 것 같고."

"갑자기?"

"사고 이후로."

"쯧 나도 교통사고라도 한 번 나야 되나."

"그게 할 말이냐."

"농담이지. 병원은 지겹다 아주. 근데 야. 걔네들 말이야. 미행범. 그냥 단순 강도 같은 거 아니야? 너무 조용하잖아."

"상대가 누군지 확신할 수가 없으니까 긴장 놓지 마. 네 가드들은?"

"근처에서 대기 중. 내가 체육관에 있는 동안에는 물렸어."

"오늘도 4명이야?"

"내가 볼 때는 그것도 많아 보인다."

"적어. 놈들이 작정하면, 4명으로는 어렵다."

"뭔 일이야 있겠냐. 경찰도 가드 해주겠다 개인 경호도 있겠다. 나 보다 네가 문제지. 넌 혼자 다니잖아. 그 것도 일부러 나 잡으쇼 하면서."

"그 수밖에 없으니까."

"에휴 이 나이에 무슨 짓거리냐 이게. 남들한테 얘기하면 믿지도 않을 거다. 완전 뻥쟁이가 되는 거지."

노크 소리가 들리고 문이 열렸다.

"저녁 먹자."

채아의 말에 정우와 김주호는 조금은 어두운 얼굴로 함께 회의실을 나갔다.

제 5 화
급습

I

오후 다섯 시.

하늘에 먹구름이 드리워졌다.

추적추적 비가 내리기 시작했다.

여름비다.

예상대로 진행되고 있다.

작업을 하기에 좋은 날씨다.

보르고프는 펜을 들고 큰 노트에 작성해놓은 작업표를
내려다 보았다.

기상청 기후를 파악해놓긴 했지만 날씨라는 게 워낙 변

덕이 심하기 때문에 타이밍을 놓치면 자칫 일이 번거로워
질 수 있다.

보르고프는 펜을 놓고 다시 한 번 시간을 확인한 뒤 옷
장을 열어 가방에 우비와 장화를 구겨 넣었다.

가방을 챙겨 호텔을 나섰다.

호텔을 나서면서 전화를 걸었다.

"출항 시간은?"

– 새벽 5시입니다.

"알았다."

보르고프는 전화를 끊고 대기해 있는 택시를 타고 곧장
목적지로 이동했다.

다소 어둡고 습기가 가득한 야적창고 안에서 5명의 인
원들이 테이블을 두고 포커를 쳤다.

테이블 위로 돈이 쌓였다.

큰 액수는 아니었다.

후줄근한 차림의 남자들은 무덤덤한 표정으로 포커를
치면서 시계를 수시로 살폈다.

"거 고만들 갸울 거리고 날래 패 까라우. 올 때 되면 오
지 않갔어."

왜소하고 눈에 그늘이 선 남자가 재촉하는 어조로 말했
다.

그 때, 창고 문이 열렸다.

야적창고 안으로 봉고차 한 대가 들어왔다.

남자들이 고개를 돌렸다.

트럭은 포커를 치고 있는 무리 옆에 섰다.

보르고프가 시동을 끄고 운전석에서 내렸다.

그의 손에는 검은 가방 하나가 들려 있었다.

보르고프는 손에 들고 있던 가방의 지퍼를 열고 바닥에 던졌다.

묵직한 쇳소리가 났다.

남자들이 느그적 일어나 가방 안에서 무기를 꺼내 하나 씩 챙겼다.

무기는 모두 통일이다.

몽키 스패너였다.

"시간 좀 남았으니까 마저 치고 차에 올라가라."

보르고프가 담배 한 개비를 꺼내 입에 물면서 말했다.

각자 꾸벅 머리를 숙이고, 포커판에 다시 앉아 한 쪽 편에 몽키 스패너를 올려 두었다.

그들이 포커를 치는 사이 보르고프는 봉고차 문을 열어 물건들을 살폈다.

이상 없이 정상 작동하는 걸 확인하고 문을 닫을 때 전화벨이 울렸다.

벨트가 느슨하다.

바지가 흘러 내렸다.

"여보쇼."

전화를 뺨과 어깨 사이에 끼고 벨트를 풀고 바지를 끌어
올렸다.

— 박기영입니다.

"곧 출발하게다. 뭐 그랄 일은 없겠지만 혹시라도 사고
생길 수 있으니까. 염두 해두고."

— 살려서 데려와 주십시오.

보르고프가 피식 웃었다.

"야 이 씨벌넘아."

— 가급적이면 부탁드립니다.

"끊어라. 갈 때 다시 연락할 테니까."

— 수고 하십시오.

보르고프가 입매를 비틀며 전화를 끊었다.

"개자슥이. 쯧."

보르고프는 담배꽁초를 버리며 차문을 열었다.

포커를 끝낸 남자들이 테이블을 정리하고 대기해 있었다.

"타라."

보르고프가 운전석에 올라 시동을 걸었다.

뒤이어 봉고차에 탄 5명의 남자들이 좌석에 놓여 있는
야간투시경을 각각 손에 들었다.

머리에 쓰고 전원을 켰다.

초록빛의 시야가 눈에 들어왔다.

남자들은 머리에 딱 맞게 조절하여 맞춘 뒤, 야투경을 벗었다.

"준비 됐나?"

보르고프가 뒤로 얼굴을 살짝 돌려 그들을 보았다.

"날래 가시라요."

그의 말에 보르고프는 바로 기어를 바꿔 차를 출발 시켰다.

◇◇◇

식사를 마치고 30분 정도 휴식을 가졌다.

이후 회의를 하고 나자 오후 9시쯤이 됐다.

퇴근할 준비를 할 무렵 체육관에 한 사람이 찾아왔다.

"안녕하세요? 전기 점검 나왔습니다."

공구함을 들고 있는 남자가 정중히 허리를 숙이며 인사했다.

짧고 굵은 수염의 30대 중년인이었다.

몸은 통통한 편이었고 눈은 서글서글 했다.

한 손에는 공구함을 다른 한 손에는 전기점검표를 들고 있었다.

"아 전기 점검이요?"

채아가 고개를 갸웃 거렸다.

"그런 얘기 못 들었었는데."

"아직 전화가 안 놓여서 연락을 못 드렸었습니다. 번호를 몰라서. 여기 명함이요."

남자가 명함을 건넸다.

"아 네. 누전차단기 있는 곳으로 안내해드리면 되나요?"

남자가 미소를 지으며 고개를 끄덕였다.

"예."

"이 쪽으로 오세요. 안내해드릴게요."

차단기는 지하 창고에 위치해 있었다.

그녀는 그와 함께 지하 창고로 내려갔다.

정우는 남자를 지켜보다가 바깥으로 나갔다.

거리의 가로등이 모두 불이 꺼져 있었다.

거리를 밝히는 가로등을 제외하고 각 건물들 내부에는 모두 불이 켜져 있었다.

무슨 문제가 있나?

체육관으로 돌아가려던 정우는 걸음을 멈췄다.

정우의 시선이 가까운 가로등으로 향했다.

가로등에는 점검 푯말이 붙어 있었다.

빠르게 걸음을 옮겨 가로등 밑에서 위를 올려다보았

다.

전구가 깨져 있다······.

정우는 우연성을 확인하기 위해 두 번째 가로등을 확인
했다.

두 번째 역시 마찬가지였다.

추측이 맞다면 약 반경 10미터 내에 있는 가로등이 모두
깨져 있는 것 같았다.

정우는 주변을 살폈다.

체육관 부근 상가 건물들은 일찍 문이 닫는 곳이 많다.

몇 개의 간판 조명이 있긴 했지만 어둡다.

채아와 함께 지하실로 내려간 남자가 떠올랐다.

위험해···.

정우는 이를 악물며 체육관 안으로 달려갔다.

"문 걸어 잠가!"

지하창고로 달려가면서 김주호에게 소리쳤다.

잠깐 벙 찌고 서 있던 김주호가 뒤늦게 움직일 때, 정우
는 계단을 타고 지하 창고로 내려갔다.

계단의 절반 정도를 내려갔을 때, 불이 꺼졌다.

체육관은 물론 지하까지 암전되었다.

완전한 암흑.

정우는 아랫입술을 깨물었다.

휴대폰은 회의실에 두었다.

빛을 밝힐 수가 없는 상황이었다.

"아아악!"

머리 위에서 김주호의 비명 소리가 들렸다.

지하에는 채아와 그 놈이 있다.

어둠이 눈앞을 완전히 차단한 상황.

정우는 이를 갈았다.

잠깐의 방황 끝에 결정을 내렸다.

김주호가 있는 지상의 체육관부터 정리해야 한다.

정우는 결정을 내리자마자 감각에 의존해 계단을 뛰어
올라갔다.

창고문을 열고 지상으로 올라왔지만 주변이 잘 보이질
않았다.

출입문 쪽에는 반대편 건물의 간판 조명으로 인해 윤곽
이 어슴푸레 보였다.

문 앞에는 문이 열려있는 봉고차 한 대가 서 있었고, 두
명의 남자가 축 늘어진 김주호를 끌고 가고 있었다.

야투경을 쓰고 있다.

그게 어둠 속에서 놈들이 자유롭게 움직일 수 있었던 이
유였다.

철저하게 계획적으로 치고 들어온 녀석들이다.

여기서 당하면 최악의 결과를 초래한다.

정우는 온 몸의 근육에 힘을 주며 뛰었다.

체육관 출입구로 달려가던 정우는 몸의 중심을 잃었다.

누군가 자신의 허벅지에 단단한 무기를 휘둘렀기 때문이다.

둔탁한 통증을 느끼며 바닥에 한 쪽 무릎을 꿇은 정우는 얼굴을 찡그리며 다시 달려 나갔다.

등 뒤에서 무기가 휘둘러졌다.

무겁고 단단한 무기가 정우의 등을 연속해서 찍었다.

두 세 명이 동시에 무기를 휘두른 것 같았다.

온 몸이 부서지는 것 같은 통증이 몸을 옭아맸다.

조금만.

조금만 앞으로 더 가면 시야를 확보할 수 있다.

그럼 반격할 수 있어.

정우는 안간힘을 다해 몸을 일으켰다.

한 발 더 내딛으려 할 때, 누군가 자신의 머리를 무기로 내리 쳤다.

정우는 머리가 뜨겁고 축축해지는 것을 느끼며 그 자리에서 쓰러졌다.

봉고차가 출발했다.

보르고프는 입에 담배 한 대를 물면서 차량 수납공간을 열어 주사기 세 개를 꺼내 뒤로 던졌다.

까치머리의 남자가 주사기를 주워 세 명의 몸에 주사를 주입했다.

"아직 일 끝난 거 아이다. 야투경 벗지 말고 주변에 감시 잘해라."

"–예."

5명의 남자들이 낮은 저음으로 대답했다.

◇◇◇

"왜 전화를 안 받는 거야."

계장은 최 검사가 전화를 받지 않자 머리를 북북 긁었다.

그는 차를 출발시켜 봉고차를 미행했다.

차를 미행하면서 경찰에 긴급 출두를 요청했다.

"대체 이게 뭔 일이래."

계장은 긴장감이 잔뜩 오른 얼굴로 중얼 거렸다.

"한두 번도 아니고 진짜. 이러다 뒈지겠네 정말."

일전 공장에서 민 대표와의 일이 떠오르자 간담이 서늘했다.

그 때와 다르지 않은, 아니 오히려 더 불안한 기분이 들었다. 두 번 다시 겪고 싶지 않은 일이었는데……

"미치겠다 미치겠어 진짜. 내가 무슨 형사냐고."

부르르!

휴대폰 진동이 울렸다.

최 검사의 이름이 떴다.

계장은 허겁지겁 귀에 블루투스를 연결했다.

"예 검사님!"

– 전화 했어?

"진짜 이걸 어디서부터 어떻게 설명을 드려야 할 지."

– 무슨 일인데?

"그러니까요. 그게 제가 이정우를 감시하려고 체육관 앞에 있었는데 웬 봉고차 한 대가 도착했는데 체육관 안에 조명이 꺼지더라구요. 그러더니 봉고차에서 한 다섯 놈이 내려서 이정우와 김주호. 그리고 여자 한 명을 끌고 갔어요."

– 놓쳤어?

계장이 굵은 침을 꿀꺽 삼켰다.

"지금 뒤에 바짝 붙어서 미행중입니다. 근데 계속 이렇게 따라가다간 들킬 것 같은데 어쩌죠?"

– 경찰에 네 휴대폰 위치 추적 요청하고, 계속 따라 붙어.

"근데 너무 위험할 것 같은……."

– 그럼 걔네 죽일래!

"알았어요."

계장이 시무룩하게 대답했다.

"도심 벗어나면 바로 나한테 연락 때리고."

– 알겠습니다.

계장은 울상이 된 얼굴로 경찰에 전화를 걸어 최 검사의
지시대로 상황을 설명하고 위치 추적을 요청했다.

Ⅱ

"간나 새끼 하나 차근덕거리는 거 보이요?"

남자의 말에 보르고프가 백미러로 검은 아반떼 한 대로
시선을 주었다.

보르고프는 살짝 고개를 갸웃거렸다.

지금 미행이 따라붙고 있다는 것은 현장에 있었다는 뜻
이다.

경찰인가?

경찰이 그 곳에 잠복할 이유가 없다.

이정우가 미리 준비시킨건가?

어쨌든 보이는 건 한 놈.

중간을 지나기 전에 잘라야 한다.

사거리 신호에 빨간불이 걸렸다.

124

보르고프는 무시하고 악셀을 밟으면서 백미러를 봤다.

따라 온다.

보르고프는 피식 웃었다.

제법이네.

사거리에 시끄러운 경적 소리가 울렸다.

보르고프는 좌회전을 했다.

트럭 한 대가 아슬아슬하게 계장의 차를 스쳐 지나갔다.

경적이 맞물린 소리가 줄지어 났다.

보르고프는 잠시 후 가던 방향을 틀었다.

보르고프의 봉고차가 강남으로 향했다.

◇◇◇

최 검사는 검지 손가락으로 책상을 톡톡 두드렸다.

초조한 눈빛으로 손목 시계를 보며 어금니를 깨물었다.

이번엔 경찰에게 일임할 생각이었다.

검사 주제에 남의 나라 일감을 막무가내로 뺏어갈 수는 없는 일이니까.

다만 계장이 다소 걱정스러웠다.

미행이라는 게 쉽지가 않다.

납치를 했다면 인적이 드문 곳으로 갈 것이고, 미행은 탄로날 수 밖에 없다.

아니 어쩌면 도심을 벗어나기도 전에 눈치를 챘을지도 모른다.

위험해…….

최 검사는 벌떡 일어나 제자리를 서성거리며 책상 위에 올려둔 휴대폰을 노려보았다.

"이 자식은 왜 연락이 없는 거야."

최 검사는 참지 못하고 휴대폰을 들어 계장에게 전화를 연결 했다.

연결음이 오랫동안 지속되더니 상대방이 통화를 받지 않는다는 안내음이 들려왔다.

최 검사는 굳은 얼굴로 생각에 잠겼다가, 옷걸이에 걸어둔 정장 재킷을 걸치고 밖으로 달려 나갔다.

"의자 하나 더 갖고 온나."

5명의 남자가 기절해있는 정우와 김주호 그리고 채아를 지하실 안으로 끌고 갔다.

정우와 김주호, 채아를 먼저 의자에 앉히고 잠시 후, 추가된 의자에 얼굴이 피범벅이 된 계장을 앉혔다.

"이 두 마리 빼고 나머지는 직여도 되는 거 아임메?"

조선족 하나가 정우와 김주호를 몽키 스패너로 가리키며 보르고프에게 물었다.

"신원 파악은 해야 될 거 아이가. 나가 있으라."

"그 파악인지 뭔지 끝나믄 이 기집아 내 무도 됩니까?"

부산 출신의 남자가 물었다.

보르고프가 아랫입술을 꽉 깨물어 쭉 빨았다.

"스패너 줘봐라."

보르고프가 옆에 서 있는 남자에게서 스패너를 받아 들고, 부산남자에게 걸어가 머리를 후려쳤다.

뚝 소리가 나면서 남자가 바닥에 주저앉았다.

남자가 눈을 끔뻑 거리며 꿈틀 거렸다.

"씨발 와 이리 말이 많노. 어? 야. 와 그리 말이 많냐고 씨벌넘아."

보르고프가 몽키 스패너를 들어 두 차례 머리를 찍었다.

남자의 머리에서 피가 터져 바닥을 적셨다.

"내가 나가 있으라고 했재."

보르고프가 남자의 머리에 다시 스패너를 세 차례 휘둘렀다.

보고 있던 남자들이 눈살을 찌푸리며 입을 다물었다.

"후……."

보르고프가 혀를 차며 들고 있던 스패너를 바닥에 던졌다.

철그렁 거리는 소리가 났다.

조선족이 남자의 숨이 붙어 있는지 확인 했다.

미약하지만 숨이 흘러나오고 있었다.

"데리고 나감까?"

조선족이 보르고프에게 시선을 던졌다.

"냅두고 전부 나가라."

남자들이 모두 물러간 뒤, 보르고프는 입에 담배를 물며 의자에 앉은 세 사람을 내려다보았다.

보르고프는 그들을 보며 어이없는 듯 약하게 웃었다.

"박기영이 의외로 순정파네. 씨벌넘."

보르고프는 키득 거리며 담배에 불을 붙였다.

고개를 젖혀 뿌연 연기를 뿜었다.

문제가 없는지 계장을 제외한 세 사람의 상태를 확인했다.

다행히 어디 크게 상한 곳 없이 정상이었다.

보르고프는 시간을 확인한 뒤 담배를 느긋하게 피웠다.

담배를 마저 태우고 소리 없이 세 사람이 앉아있는 의자를 빙빙 돌다가 시간이 됐을 때, 박기영에게 전화를 걸었다.

– 얘기 들었습니다. 수고하셨습니다.

"2차로 올라간 아들 작업 상태 확인하러 나갈 테니까. 지금 이후로 일어나는 모든 일은 내 책임을 떠난기다. 알제?"

– 예.

"2차 작업 확인하고 나면 연락 주꾸마. 혹시라도 내 늦어도 아들 빼지 말고 냅둬라. 얼굴들 확인하기 전에 먼저 작업 끝내면 껄끄러워진다. 알제?"

– 걱정하지 마십시오.

보르고프는 붉은 등을 끄고, 지하실을 나갔다.

◇◇◇

보르고프는 손전등을 들고 야산을 올랐다.

비가 내려 흙바닥이 질척거렸다.

약 30분간 산을 올라 중턱쯤에 도착했다.

보르고프는 나뭇가지에 묶어놓은 노란 손수건을 발견하고, 그 곳으로 발길을 옮겼다.

5분 정도를 걸은 끝에, 삽질을 하고 있는 남자들이 눈에 들어왔다.

박기영의 아랫놈들이다.

남자들이 발자국 소리를 듣고 보르고프의 얼굴을 확인했다.

"오셨습니까."

8명의 남자들이 깍듯이 머리를 숙였다.

"오늘 작업한 아들이재?"

"예."

"아따 산 올라오이 덥네. 니들은 안 덥나?"

"괜찮습니다."

남자들이 건조하게 대답했다.

"어디보자. 하나, 둘, 셋 넷. 구덩이가 왜 하나가 비노?"

비닐에 싸여있는 시체가 네 구.

파놓은 구덩이는 다섯 개다.

한 남자가 머쓱하게 웃었다.

"비도 오고 정신없이 작업하다 보이 수량 파악 잘못 했나봅니다."

"거서는 자리가 모자라디, 여서는 하나가 남노. 참내."

보르고프는 시체들에게 가까이 걸어가 얼굴을 확인했다.

기억 속 인물들과 모두 일치했다.

"우리 아들이 깔끔하게 작업했으이 별로 탈이 없을 기라."

보르고프가 고개를 끄덕이며 일어나 구덩이 깊이를 확인했다.

"구덩이 이만하면 됐다. 작작 파고 이제 고마들 집어넣어라."

2명씩 짝을 이뤄 시체들을 구덩이 속에 던져 넣었다.

시체를 넣고 4개의 구덩이에 파냈던 흙을 다시 퍼 넣었다.

작업을 끝낸 남자들이 손을 털며 허리를 폈다.

"마저 안 매우고 뭐하노? 힘드나?"

보르고프가 남은 구덩이 하나를 흘깃 내려다본 뒤 그들을 보며 물었다.

남자들이 천천히 움직였다.

8명이 보르고프를 동그랗게 원형으로 에워쌌다.

"니들 뭐하노 지금."

키 큰 남자가 비릿하게 웃었다.

"비 오는 날 좆빽이 치다 보니까 잠시 잊고 있었네. 내가 치매 걸렸나?"

키 큰 남자가 고개를 갸웃 거리며 웃었다.

"여기 아저씨 자리야. 그러니까 저것들이랑 같이 나란히 누우시면 됩니다."

보르고프는 짧게 웃으며 입에 담배를 물고 불을 붙였다.

"박기영 이 새끼."

보르고프가 담배 연기를 한 번 빨아들일 때, 뒤에서 사시미를 꺼낸 남자가 달려들었다.

그와 거의 동시에 7명의 남자들이 보르고프를 향해 칼을 들고 뛰어 들었다.

정우는 눈을 뜨고 고개를 들었다.

입에서 힘겨운 숨이 흘러 나왔다.

주변이 보이질 않았다.

정신을 잃기 전, 체육관에서보다 훨씬 더 어두웠고 습한 공기가 느껴졌다.

"채아 선생님! 주호야!"

"살아 있다 아직."

김주호의 쉰 목소리가 바로 옆에서 들렸다.

"채아 선생님은?"

정우가 다급하게 물었다.

"옆에 있는 것 같긴 해. 숨소리를 들었거든."

정우는 어금니를 깨물었다.

의자에 몸이 단단히 묶여 있었다.

아찔함이 뒤통수를 훑고 지나갔다.

절망적인 상황이었다.

이대론 꼼짝없이 죽는다.

"이 꼴을 두 번이나 당하다니."

김주호가 힘없이 웃으며 말을 이었다.

"하늘은 무심하기도 하시지."

김주호는 살아남는 것에 대한 희망을 포기한 것 같았
다.

목소리와 억양에서 짙게 느껴졌다.

정우는 뭐라 말할 수 없었다.

희망의 끈을 놓지 말라고.

반드시 기회가 온다고.

하지만 그렇게 말하기엔 상황이 너무 좋지 않았다.

침묵이 흘렀다.

침묵 후.

김주호가 입을 열었다.

"내가 왜 아버지를 싫어하는지 얘기한 적이 아마 없었
겠지?"

운을 떼는 김주호의 목소리를 듣고 정우는 눈을 감고 표
정을 일그러뜨렸다.

체육관을 불시에 습격한 것은 철저하게 준비되고 계획
적인 일이었다.

밤 10시도 넘기지 않은 시간에 체육관에 대놓고 들이닥칠 거라고는 예상하지 못했다.

한 순간에 일어난 일이었다.

정우는 자신의 무력함에 처음으로 격양된 감정이 명치 부근에서 불쑥 올라오는 걸 느꼈다.

"그 때가 아마 갓 초등학교에 입학한 8살이었나? 그랬을 거야 아마."

김주호가 웃으며 말을 이었다.

"그 때는 회장님이랑 같이 한 집에 안 살았거든. 따로 살았는데. 어쨌든 태풍 때문에 학교가 일찍 끝나서, 집에 일찍 왔어. 내 기억으로는 그 때 어머니는 외가에 가 있었고. 집에 왔더니 어라. 남자 구두랑 하이힐 두 개가 있네?"

눈앞이 캄캄 했지만 김주호의 표정이 보이는 듯 했다.

"아버지 침실 문을 열었더니. 여자 두 명과 구르고 있라고. 아주 가관이었지."

김주호가 키득 거리며 웃었다.

"그 때 나를 본 그 인간의 얼빠진 표정이란."

김주호는 꽤 길게 웃다가 겨우 숨을 돌렸다.

"야 그 땐 정말 죽는지 알았다. 여자들을 보내고 날 창고로 데려가서 죽도록 패기 시작했거든. 입도 뻥끗하지 말라고. 특히나 회장님 귀에 이 일이 들어가게 되면. 엄마를 죽일 거라고 협박했어."

정우는 말없이 조용히 들었다.

"그 나이에는 꽤 충격이었지. 밥도 잘 못 먹었고, 어머니는 영문을 몰라 그저 날 병원에만 데려가고. 그렇게 시간이 흐르고서 그 인간은 점점 망가지기 시작했어. 손 대는 사업마다 엉망이 됐거든. 점점 회장님의 신뢰를 잃어가면서 미움을 받더니 동생에게 실권을 완전히 뺏기면서 그때부터 미친놈이 됐지. 내가 11살 때였나? 아마 그 때부터였을 거야. 거의 정신병자나 다름없었어. 돈이 많고 적고간에 폭력이라는 게 중독성이 있거든. 한 번 시작하면 끊기가 힘들어지나봐. 두 어 번 손을 대더니 아주 본격적으로 엄마를 패기 시작했지."

김주호의 목소리에 점점 감정이 배여 들었다.

"엄마는 늘 아버지를 무서워했지만 아버지라는 인간이 나한테 손을 데려고 하면 어머니는 정말 죽음이 두렵지 않은 사람처럼 달려들었어."

김주호가 낄낄 웃었다.

"희한하게 그 때부터 또 난 안 건드리더라. 엄마만 아주 주구장창 팼지. 난 살리고 싶었어 엄마를. 그대로 두면 정말 죽을 것 같았거든. 그래서 할아버지한테 얘기했지. 우리 회장님한테. 모든 걸."

김주호의 웃음소리가 들렸다.

"어떻게 됐을 것 같아? 난 솔직히 걱정이 존나 앞섰거든. 대충 훈계하고 넘어가면 어쩌나. 근데 웬걸. 할아버지가 얼마나 무서운 사람인지. 얼마나 잔인한 사람인지 난 그 때 알았지. 사람 몇 명에게 지시해서 산에 끌고 올라가 죽기 직전 까지 패고. 생매장을 했어. 흙이 목 까지 차올랐을 때, 할아버지가 한 번의 기회를 더 준다고 했지. 그 기회를 버리면, 그 땐 정말 묻어버릴 거라고. 나는 그 자리에 있었어. 할아버지가 날 데려갔거든."

김주호가 긴 한숨을 내뱉었다.

"그런데도 복수를 하고 싶더라고. 회장님이 한 건. 그런 건 내가 생각한 복수가 아니니까. 진짜 복수를 하고 싶었는데. 공부는 또 왜 그렇게 하기가 싫었는지."

김주호가 피식 웃었다.

"그래도 너를 만나서, 다시 태어날 명분을 얻었다고 생각했는데. 그 인간한테 복수도 못하고 죽게 생겼네. 씨발……."

"미안하다."

정우가 낮은 소리로 말했다.

"그런 말 하지 마. 그런 얘기 듣자고 한 말이 아니니까. 그래도 네 덕분에 내가 사람이 됐지 않냐. 누군가를 좋아도 해보고."

"좋아해? 누구를."

"이승에서는 비밀이다. 나중에 저승에서 듣던가."

잔인한 희망을 주고 싶지 않았다.

지금은 정말 답이 없는 끔찍한 상황이었다.

"으음……. 어? 어어?"

의자가 흔들리는 소리가 났다.

채아가 깨어난 것 같았다.

"채아 선생님?"

정우가 그녀를 불렀다.

"뭐야? 왜 이렇게 어두워? 그리고 왜 몸이……."

"납치당했습니다. 저희."

김주호가 솔직하게 말했다.

정우는 말릴 수 없었다.

어차피 해야 할 말이었다.

김주호가 머뭇거리지 않고 말한 게 잘 한 짓일까?

모르겠다.

늘 명확한 길을 갔던 자신도 결정을 내리지 못했을 거다.

김주호는 솔직했다.

예전부터 지금까지.

"말도 안 돼……. 정우야. 주호야 너희 둘 다 있는 거야?"

"우리 목소리 까먹었어요?"

"네 선생님. 저 여기 있습니다."

"어떡해…."

채아가 울음을 터트렸다.

"우리 선생님. 시집 가야되는데. 에이 씨."

김주호가 웃으며 농담처럼 말했다.

정우는 고개를 숙였다.

좀 더 신중해야 했다.

좀 더 빨랐어야 됐어.

좀 더…….

아니.

너무 교만했다.

오만이다.

모두 지킬 수 있을 거라고.

여유를 부렸다.

주제도 안 되면서 너무 자신을 믿은 거다.

죄책감과 자책감이 밀려왔다.

감당할 수 있는 범위를 넘어선 거야.

마치 심장이 허물어지는 것 같았다.

칼날처럼 날카로운 것이 가슴을 헤집는 듯 정우의 몸이
흔들렸다.

아무 죄 없는, 그녀에게 죄송하다는 말을 전하려 입술을
뗄 때.

철컹.

문이 열리고 눈부신 빛이 내부 공간 안으로 쏟아져 들어
왔다.

NEO MODERN FANTASY STORY & ADVENTURE

제 6 화

박기영

제 6 화
박기영

I

정우를 비롯한 세 명은 갑작스러운 빛에 눈이 부셔 얼굴을 틀었다.

빛을 등지고 정장 차림의 남자 하나가 들어왔다.

시멘트 바닥에 뚜걱 거리는 구두 굽 소리가 났다.

문이 닫히는 소리가 났고, 천장 붉은 전구에 불이 들어왔다.

비교적 약한 불이라 여전히 눈이 시리긴 했지만 시야가 점점 적응 되어갔다.

가장 먼저 정우가 얼굴을 들어 상대를 올려다 보았다.

미남형의 얼굴이었다.

피부가 좋았고 입술은 뭘 발랐는지 촉촉해 보이는 윤기
가 났다.

머리는 깔끔하게 올백으로 넘겼고 한 눈에 봐도 꽤나 고
급스러운 정장을 입었다.

키가 다소 크다.

그리고 냉랭한 눈빛.

그 차가움 속에 뜨거움이 숨어 있다.

정우는 그에게서 숨겨놓은 감정이 있음을 보았다.

민 대표와 관계가 있는 게 분명했다.

정우의 시선을 받은 박기영이 늘어지게 웃었다.

그 때.

"꺄아아악!"

채아가 커다란 비명을 질렀다.

정우가 급히 고개를 옆으로 돌렸다.

채아가 보고 있는 시선을 따라가자 바닥에 머리가 피로
물든 시체가 누워 있었다.

잠깐 동안 비명을 내질렀던 채아가 고개를 숙이며 온 몸
을 떨면서 울음을 참았다.

극심한 공포감에 시달리는 듯 그녀는 사시나무처럼 떨
었다.

아마도 태어나 처음으로 본 시체일 것이다.

정우는 낮게 가라앉은 눈으로 박기영을 응시했다.

박기영이 딱! 하고 손가락을 튕겼다.

대기하고 있던 부하 하나가 의자를 가져와 박기영 뒤에 놓았다.

박기영이 자리에 앉았다.

이어 두 명의 남자가 들어와 채아를 묶고 있는 끈을 풀어내고 그녀를 데리고 나갔다.

"뭐하는 거야?"

정우가 다급하게 물었다.

박기영은 대답없이 미소 지었고, 채아는 비명을 지르며 몸을 흔들었다.

그녀가 안간힘을 써도 두 명의 건장한 남자의 힘을 이길 수는 없었다.

김주호는 민 대표 사건의 트라우마가 다시 재생되는 듯 몸을 떨었다.

그 사이 채아는 무력하게 끌려 나갔다.

지독한 분노가 명치끝으로 파고 들어왔다.

문이 닫혔다.

그는 다리를 꼬고 팔짱을 낀 체, 정우를 물끄러미 보았다.

뱀이 몸을 감싸듯 기분 나쁜 시선이었다.

"민 대표 쪽 사람인가?"

정우가 물었다.

박기영은 고개를 한 쪽으로 기울이며 정우를 흥미롭다는 듯 바라보았다.

"원하는 게 뭐야?"

정우가 그를 정면으로 보며 직선적으로 물었다.

"기분이 어때?"

박기영이 물었다.

"지금 이 순간 네 기분 말이야."

"좋진 않지."

박기영이 정말 재미있다는 듯 히쭉 미소를 지었다.

"내가 누굴까?"

박기영이 퀴즈 문제를 내듯 말했다.

"누군지는 몰라도 민 대표 일로 인한 악감정은 나 하나로 충분할 텐데."

박기영이 터지는 웃음을 손으로 입을 막았다.

쿡쿡 어깨를 떨며 웃음을 참아내려 애썼다.

그는 간신히 웃음을 삼킨 뒤, 숨을 길게 뱉으며 고개를 들었다.

"가장 가까운 사람을 잃는다는 건. 정말 슬픈 일이지. 본인의 죽음 같은 건 의미가 없어. 의미가 있는 건 고통이지. 지옥 같은 건 없어. 지옥은 생명체가 살아있는 순간에만 존재할 수 있는 기회 같은 거야. 바로 지금처럼."

"우린 직접적인 관계는 없다. 난 친구를 구해냈을 뿐이야. 민 대표의 죽음에는……."

"왜 이러실까? 다 알아. 네가 총장의 개목걸이를 현기 그룹에 넘긴 걸. 그러니까 그런 같잖은 연기는 집어 치워."

정우의 등이 식은땀으로 축축해졌다.

"그래. 네 말이 맞아. 그런데 정말 다른 사람들은 네가 원한을 가질 필요가 없어. 민 대표 죽음과 관계가 없다고."

박기영이 고개를 저었다.

"관계가 있지. 바로 너 때문에."

박기영이 검지로 정우의 얼굴을 가리켰다.

"네가 느껴야 할 고통의 희생양들이지."

정우의 얼굴이 일그러졌다.

"부탁한다. 제발 보내줘……."

정우가 애원하는 눈길로 그를 보며 말했다.

박기영이 고개를 끄덕였다.

"생각해볼게. 하지만 그건 네가 어떻게 하느냐에 따라 달린 거야."

박기영이 품 안에서 망치를 꺼냈다.

"의외로 내가 쓸만 해. 네 하수인으로 들어간다. 아니 들어가겠습니다. 원하는 건 뭐든지 할 테니까. 나를 제외하곤 모두 보내주십시오."

정우가 간절하게 말했다.

김주호가 넋이 나간 얼굴로 정우를 쳐다봤다.

"스으읍."

박기영이 이빨 사이로 공기를 흡입하면서 일어났다.

"의외네. 분석한 바에 의하면 꽤나 냉정한 인물인 것 같았는데. 마음이 많이 여려. 그래서 내가 널 믿지 못하는 거지. 내 밑으로 들어오겠다고?"

박기영이 김주호의 무릎에 망치를 휘둘렀다.

3초 후.

"끄아아아악!"

김주호가 고개를 젖히며 커다랗게 벌린 입으로 끔찍한 비명을 내질렀다.

정우는 그런 김주호를 지켜보다가 박기영에게로 시선을 돌렸다.

"그런 거짓말은 해선 안 되는 거야. 내 앞에선……."

박기영이 차가운 눈빛으로 정우를 내려다보았다.

"제가 어떻게 하길 바라십니까?"

정우가 물었다.

"선택을 해야겠지."

"선택이라니요?"

박기영이 망치로 김주호를 가리켰다.

"이녀석과."

박기영이 문 쪽으로 고개를 살짝 돌리며 웃었다.

"그 여자. 둘 중에 하나."

정우의 눈빛이 회색빛으로 변했다.

"죽이겠다는 뜻입니까?"

"내가 얘기했잖아. 네가 어떻게 하느냐에 따라 달렸다고. 기본적으로 누군가를 잃어버리는 감정. 그건 어쩔 수 없어. 내가 느낀 것처럼. 너도 느껴야 할 테니까. 하지만 시간은 줄 수 있지. 시간은 소중한 거니까."

박기영이 표정 없이 말을 이었다.

"그러니까 선택해. 누가 먼저 아팠으면 좋겠어?"

김주호가 흐트러진 머리카락 사이로 늑대같은 눈빛으로 박기영을 노려보았다.

"나부터 건드려봐. 이 미성숙한 버러지 같은 새끼야."

박기영이 고개를 끄덕이자마자 망치를 휘둘렀다.

방금 전에 때렸던, 같은 부위의 왼쪽 무릎에 망치를 휘둘렀다.

끔찍한 소리가 울렸고, 김주호는 넘어갈 듯 입가로 침을 흘렸다.

정우는 고개를 떨구었다.

"너무 그렇게 좌절하지 마. 죽이지는 않을 테니까."

박기영이 웃음 섞인 소리로 말했다.

희망을 주고 있다.

더 오랜 고통을 주기 위해서겠지.

이런 부류의 놈들은 약속을 지키지 않을 것이다.

과정을 즐기는 놈들이니까.

정우가 고개를 들어 삼킬듯한 시선으로 박기영을 쏘아보았다.

"날 반드시 죽여야 할 거다. 반드시……."

박기영이 고개를 끄덕이며 웃었다.

"생각해볼게."

박기영이 다치 망치를 휘둘렀다.

정우는 차마 보지 못하고 고개를 돌렸다.

김주호의 비명 소리가 왼쪽 귀로 잔인하게 파고 들어왔다.

보르고프가 나무에 등을 기댄 남자의 뱃속에 칼을 밀어넣었다.

"이 씨벌넘이……."

보르고프가 그대로 칼날을 돌렸다.

"어억."

남자는 짧은 신음을 소리를 내며 눈을 뜬 채로 바닥에 쓰러져 죽었다.

보르고프는 거친 숨소리를 내며 고개를 들어 피로 물든 왼 손으로 젖은 앞머리를 쓸어 올렸다.

보르고프의 온 몸은 피로 범벅이 되어 있었다.

바닥에는 8명의 시체가 곳곳에 간격을 두고 늘어져 있었다.

보르고프에게선 그들의 피가 온 몸에 묻어 있었고, 등과 어깨, 그리고 옆구리에는 칼에 맞은 상처로 피가 멈추지 않고 흘러 내렸다.

"아……. 죽겠다. 진짜."

눈이 핑핑 돌았다.

보르고프는 칼을 허리 뒤춤에 꽂아 넣고, 비틀 거리며 산길을 내려갔다.

놈들의 옷을 찢어 지혈을 해놓긴 했지만 워낙 몸이 엉망이라 제대로 서 있는 것도 힘든 지경이었다.

"후우! 후우!"

보르고프는 숨을 고르며 정신을 잃지 않기 위해 눈을 똑바로 떴다.

그는 어둠속에서 상처 입은 야생 짐승처럼 걸음을 옮겼다.

두 눈은 당장이라도 모든 것을 찢어발길 듯한 섬뜩한 예기가 흘렀다.

◇◇◇

김주호는 의식과 무의식 사이를 오갔다.

눈빛은 흐리멍텅해졌고 왼쪽 무릎은 너덜너덜해졌다.

박기영은 정우를 티끌하나 건드리지 않았다.

잔인하게 계획된 것이고, 그 것은 고통을 주기 위한 장치 중 가장 확실한 것이기도 했다.

"고문 기술이 별로 좋지가 못해서. 조금 지루해지네."

바닥에 망치를 버렸다.

깡그랑 하고 망치 떨어지는 소리가 내부를 울렸다.

박기영이 벗었던 재킷을 다시 걸쳐 입었다.

김주호는 그 소리에 흠칫 몸을 떨었다.

박기영은 피식 웃으며 옷매무새를 다듬었다.

"다음은 너야. 이정우. 그리고 그 여자. 자 이젠 누굴 선택해야 할까? 쉬는 시간 동안 잘 생각해보라고."

박기영은 웃어준 뒤, 감금실을 나왔다.

복도를 걸으면서 전화를 걸었다.

통화음이 길게 갔지만 전화를 받지 않았다.

박기영은 얼굴을 굳히며 전화를 끊었다.

복도 끝에서 의자에 앉아 휴대폰 게임을 하고 있던 남자가 발자국 소리를 듣고 벌떡 일어났다.

박기영을 보고는 꾸벅 머리를 숙였다.

"잠깐 올라갔다 올 테니까 잘 감시해."

"예."

박기영은 엘리베이터를 타고 지상 1층으로 올라갔다.

호텔 카운터 쪽에 서 있는 세 명의 남자들이 박기영을 보고 머리를 숙였다.

"야산팀에서 연락 온 거 없어?"

"없습니다."

남자들이 고개를 저었다.

박기영은 이맛살을 찌푸리며 다시 전화를 걸었다.

여전히 연결이 되지 않았다.

"작업지에 사무실 애들 보내서 상태 확인하라고 해. 확인하는 대로 나한테 바로 연결시키고."

"예."

남자 하나가 곧바로 튀어나갔다.

박기영은 불쾌감이 베여든 얼굴로 아랫입술을 매만졌다.

보르고프는 손으로 상처 부위를 꾹꾹 눌러 보았다.

끔찍한 통증이 치솟았지만 참을만은 했다.

허리를 비틀며 몸을 움직여 보았다.

뜨거운 고통이 일었지만 보르고프는 어금니를 깨물며 고통을 참았다.

시간을 지체하고 싶지 않았다.

상처를 꿰매자마자 복수행을 위해 한달음에 달려왔다.

보르고프는 군인같은 얼굴로 호텔 입구로 성큼성큼 걸음을 옮겼다.

호텔 출입구 앞에서 유리문을 톡톡 두드렸다.

입구에서 대기 중이던 남자 하나가 문을 열고 몸을 반쯤 밖으로 내보였다.

"누구……."

보르고프는 애초에 대화를 할 생각이 없었다.

생각은 오직 한 가지 뿐.

뒤에 숨겨놓은 칼을 꺼내 눈앞에 있는 느끼한 쌍커풀 자식의 배에 찔러 넣었다.

두 세 차례 찌르고 멱살을 잡아 바깥으로 당겼다.

문을 열고 안으로 들어가자 건장한 두 놈들이 칼을 보고 뒷걸음질을 쳤다.

보르고프가 상처 부위를 매만지며 한숨을 내쉴 때, 입구 안으로 십 여명의 남자들이 들어왔다.

그들은 허름한 차림이었고 눈에는 살심이 가득했다.

보르고프의 하수인들이 소리 없이 달려들었다.

야수가 가냘픈 사슴을 사냥하듯.

한 순간에 살아있던 두 명의 남자의 몸에 처참한 구멍이 뚫렸다.

"올라가라."

보르고프가 나직이 명령했다.

하수인들은 대화를 하지 않았음에도 합이 잘 맞았다.

5명은 엘리베이터를 기다렸고 나머지 5명은 계단을 느긋이 올라갔다.

보르고프는 누워 있는 시체들을 내려다보며 숨을 길게 내뱉었다.

눈을 감았다가 다시 떴을 때, 보르고프의 눈에서 살광이 번들거렸다.

"……살려주세요."

채아가 눈물이 번진 얼굴로 구석에 몸을 붙이며 호소했다.

남자는 허리띠를 풀면서 웃었다.

"누가 죽인대?"

남자는 닫혀 있는 문을 한 차례 돌아봤다.

"빨리 끝내야 하거든? 소리 지르면 죽일 거니까. 쉽게 가자?"

남자가 음욕이 가득한 눈길로 채아에게 다가갔다.

쿵쿵!

문을 두드리는 소리에 남자가 멈춰서서 뒤를 돌아봤다.

"에이 씨발 쯧."

남자는 급히 바지 지퍼를 올리고 허리띠를 채우며 바닥에 침을 툭 뱉었다.

그는 아쉬운 얼굴로 채아를 흘깃 본 뒤에, 문을 열었다.

그 순간 회칼이 뱃속으로 들어왔다.

"…어억."

남자가 신음을 흘리며 뒷걸음질 쳤다.

뒤로 물러날 때 마다 피가 바닥에 뚝뚝 떨어져 내렸다.

"이 개…."

보르고프의 하수인들이 떼거지로 달려들어 남자의 배를 휘저었다.

남자는 눈을 체 감지 못하고 숨을 거뒀다.

하수인들은 칼에 묻은 피를 남자의 몸에 북북 닦아냈다.

채아는 손으로 입을 막았다.

눈앞에서 벌어진 살인에 울음도 나오지 않았고 몸에 떨림도 없었다.

마치 가슴에 구멍이 뚫린 것처럼 싸한 공포감이 온 몸을 지배했다.

하수인들 중 하나가 무감정한 표정으로 회칼을 들고 채아에게 걸어갔다.

◇◇◇

"일이 꽤 귀찮게 돼버렸어."

박기영이 김샌 표정으로 망치를 주워들었다.

정우가 뜨거운 눈길로 박기영을 노려보았다.

"그냥 전부 죽여버릴까 아니면 시간을 좀 둘까 생각해 봤는데. 아무래도 쥐새끼 한 마리가 영 신경이 쓰여서 말이야."

박기영이 싱긋 웃었다.

"그만들 정리하자고. 먼저 네 친구. 그 다음에 그 여자. 그리고 마지막으로 너. 이렇게 정리 될 거야. 두 눈 똑바로 뜨고 지켜봐."

김주호가 지친 눈으로 박기영을 보았다.

박기영이 망치를 들어 올릴 때, 문이 벌컥 열렸다.

"큰일입니다!"

한 남자가 급박함이 물든 얼굴로 뛰어 들어와 소리쳤다.

박기영이 화난 표정으로 남자를 돌아봤다.

"보르고프가. 보르고프가…."

남자는 말을 마저 끝맺지 못했다.

입이 벌어졌고, 눈은 찢어질 듯 커졌다.

옆구리에 회칼이 깊숙이 들어갔다.

연 이어 칼날이 들어가 내장을 쑤시자 남자는 힘 빠진 얼굴로 바닥에 고꾸라졌다.

시체 위로 보르고프의 얼굴이 드러났다.

박기영이 그를 보고 눈이 가로로 길어졌다.

"성미도 급하셔라. 이렇게 일찍 나타날 줄은 몰랐네?"

"이 씨벌넘의 새끼야. 웃음이 나와?"

"한 판 하기 전에 이 놈들 부터 먼저 처리하면 안 될까?"

박기영이 망치로 김주호의 머리를 툭툭 쳐 보였다.

"좆 까구 있네 이 씨벌넘이."

보르고프가 칼을 들고 박기영에게 다가갈 때, 박기영이 뒤로 물러나며 품 안에서 권총을 꺼내 보르고프의 이마에 겨눴다.

다가가던 보르고프가 우뚝 섰다.

박기영이 고개를 갸웃 거리며 웃었다.

"아까의 그 터프함은 어디로 가셨을까?"

보르고프가 이를 바득 갈았다.

"당겨봐 이 씨벌넘아!"

보르고프가 핏발 선 눈으로 소리쳤다.

"그럼 사양 않고."

타앙!

한 발의 격발소리.

보르고프가 언제 살아있었냐는 듯 뒤통수가 터지며 쓰러졌다.

박기영이 혀를 차며 정우의 머리를 쓸어 만졌다.

"언제나 한 수 앞을 볼 줄 알아야 돼. 제 아무리 잘난 척해봤자 무식한 놈의 끝은 항상 이런 거거든."

박기영이 정우의 귓가에 웃음소리를 흘려보냈다.

그는 죽은 보르고프의 시체를 발로 툭툭 차며 죽었는지 확인한 뒤, 안심한 표정으로 망치를 다시 주워 들고 김주호 앞에 섰다.

박기영이 김주호 무릎에 망치를 휘둘렀다.

김주호가 마치 방이 흔들릴 정도로 비명을 내질렀다.

김주호가 울음과 고통을 참았다.

그의 고통이 온 몸으로 전해져왔다.

정우는 가슴 안에 차오르는 극도의 분노를 씹어 삼켰다.

주변을 둘러봤지만 아무리 찾아보아도, 몸을 묶고 있는 끈을 풀어낼 방법이 없었다.

정우는 스스로의 무력함에, 쓰러지듯 고개를 숙였다.

"후우."

그는 한숨을 크게 내 쉰 뒤, 정우를 내려다보며 웃었다.

"잘 보이니?"

정우가 멍한 눈으로 그를 보았다.

박기영이 망치를 휘둘렀다.

망치에 머리를 맞고 김주호의 목이 크게 꺾였다.

김주호의 머리에서 진득한 피가 흘러 내렸다.

"그만 둬……. 그만 둬!"

정우가 발악하듯 소리 질렀다.

"무슨 소리야 이제 시작인데. 우리 형이 어두컴컴한 땅 속으로 들어갔으니. 네 친구도. 저 여자도. 너도. 함께 가야지. 그게 순리 아니야?"

"그게 어째서 우리 탓이야. 그만 둬. 제발 부탁이다."

정우가 일그러진 얼굴로 소원했다.

박기영이 코웃음을 치며 망치를 머리 위로 들었다.

"그만……."

박기영이 망치를 김주호의 이마에 풀스윙으로 휘둘렀다.

뼈를 때리는 소리와 함께 김주호의 눈에서 초점이 사라졌다.

박기영의 정장 재킷과 와이셔츠에 피가 튀었다.

"쯧. 에이……."

그는 자신의 옷에 묻은 피를 짜증나는 듯 잠깐 쳐다 본 뒤, 바닥에 망치를 버렸다.

"야. 봐봐."

박기영이 김주호에게 권총을 겨누며 말했다.

정우가 먼눈으로 그를 보며 떨리는 입술을 열었다.

"제발. 제발……."

타아앙!

박기영이 손에 쥔 권총 총구에서 연기가 피어올랐다.

탄환에 김주호의 귀가 터져나갔다.

김주호의 귀가 사라졌다.

의식이 없는지 김주호는 통증을 느끼지 못하는 듯 미동이 없었다.

"나이가 들었나. 조준이 잘 안되네."

박기영이 웃으며 고개를 갸웃 거리며 헛기침을 했다.

"자 다시."

박기영이 김주호의 이마에 총구를 밀착 시켰다.

"야 이 개자식아! 우리가 뭘 그렇게 잘못……."

정우가 울음을 삼키며 고개를 떨구었다.

이어 핏발 선 눈으로 고개를 들었다.

박기영이 정우의 눈빛을 보고 어깨를 으쓱였다.

"아직도 모르겠어? 네가 뭘 잘못했는지? 실망인데."

박기영이 양 입꼬리를 내렸다.

방아쇠를 당겼다.

탕!

김주호의 머리가 뒤로 젖혀졌다.

의자 뒤로 피가 쏟아져 내렸다.

"아……."

정우의 양 뺨 위로 눈물이 떨어져 내렸다.

죽었다.

김주호가 죽었다.

믿겨지지 않는 현실에 가슴이 무너져 내렸다.

"안 돼. 주호야. 주호야? 정신 차려 봐. 야 김주호!"

정우가 오열하며 주호의 이름을 소리쳐 불렀다.

박기영이 정우를 보며 같잖은 듯 웃었다.

"이정우. 네가 뭘 잘못 알고 있는지 알아? 두 가지야. 알아 맞춰볼 수 있겠어? 한 번 맞춰 봐. 혹시 알아? 맞추면 여자는 살려줄지."

박기영은 코로 나오는 웃음을 참으며 표정 관리를 했다.

"자 첫 번째부터 한 번 얘기해봐."

박기영이 소근 거리듯 작은 목소리로 말했다.

"주호야. 주호야…."

정우의 눈에서 눈물이 터지듯이 쏟아져 내렸다.

정우는 김주호에게서 시선을 떼지 못했다.

"야. 너 여자도 죽이고 싶어?"

정우가 눈물이 번진 얼굴로 박기영을 보았다.

"우리가 뭘 그렇게 잘못 했냐?"

박기영이 고개를 저었다.

"정말 모르겠어? 정말?"

정우가 박기영을 삼킬 듯이 노려보았다.

박기영이 미소를 지었다.

"첫 번째 정답. 정답은 말이야 내가 의외로 형제애가 상당히 깊다는 것."

박기영이 총구를 정우의 입 속에 쑤셔 넣었다.

"두 번째는 뭘까?"

5초간 정우를 내려다본 박기영이 감탄을 터트리며 총을 다시 빼냈다.

"우정의 힘인가. 아니면 원래 그렇게 겁이 없나?"

박기영이 어이없는 듯 웃었다.

"많은 놈을 죽여봤지만 너 같은 눈은 처음이다. 신기한 놈이네. 죽는 게 두렵지가 않아? 왜?"

"형제애의 복수라고 했지. 이해해. 하지만 채아 선생님. 너희들이 데려간 여자는 아무런 연관이 없어. 너희들과는

조금도 관계가 없어. 날 고문해도 좋고 어떻게 죽여도 좋
아. 그러니까…… 건드리지 마라 그 여자는."

"내가 원한 건 그런 게 아니란 말이야."

박기영이 짜증을 내듯 말했다.

"……."

"내가 너한테 원하는 건 고통이야. 괴로움. 원초적인 공
포! 네 친한 사람들이 나자빠지는 건 기본적으로 당연히
괴로운 거고. 네가 죽는 게 무서워야지. 그게 가장 큰 공포
인데. 이게 뭐야 재미없게 진짜."

박기영이 손으로 김주호의 이마를 만진 뒤, 손에 묻은
피를 정우의 얼굴에 발랐다.

"그래도 내가 노력해볼게. 내가 고문 전문은 아니지만
그래도 뭐 손톱 발톱 눈알 이렇게 시작하면. 아무리 너라
도 별 수 있겠어. 그 전에 조금만 기다리라고. 내가 기집애
금방 데리고 올게."

박기영이 하얀 이빨을 내보이며 넥타이를 풀면서 지하
방을 나갔다.

남자가 채아의 턱 밑에 칼날을 들이댔다.

목을 그으려는 순간, 총성이 연달아 울려 퍼졌다.

남자가 놀란 얼굴로 뒤로 고개를 돌렸다.

타아앙!

고개를 돌린 남자의 머리에 구멍이 뚫리면서 벽에 피가 번졌다.

박기영이 탄창을 바꾸며 채아에게 걸어갔다.

채아는 초점이 거의 없는 눈으로 박기영을 올려다보았다.

"후 다행이다. 아슬아슬하게 세이프네. 아직 죽으면 곤란했거든. 구경꾼이 남아 있어서."

박기영이 채아를 내려다보며 눈웃음을 지었다.

"살려주세요."

채아가 눈물을 흘리면서 말했다.

"미안. 그건 좀 어렵겠다."

박기영이 채아를 잡아끌었다.

그녀를 방에서 데리고 나와 지하로 데려 가려던 그는 인기척을 느꼈다.

뒤에서 그림자가 보였다.

박기영은 급히 채아를 바닥에 밀어 넘어트리고 권총을 들었지만 이미 늦었다.

상대가 지독히 빨랐고, 통증은 빠르게 찾아왔다.

날카로운 칼날이 권총을 들고 있는 박기영의 겨드랑이를 베어냈다.

권총이 바닥에 떨어졌다.

박기영이 신음을 삼키며 뒤로 물러났다.

방안으로 되돌아간 박기영은 깊게 베여버린 겨드랑이를 붙잡고 짜증이 잔뜩 담긴 외침을 내질렀다.

"아악!"

박기영은 시뻘겋게 달아오른 얼굴로 문을 노려보았다.

손가락 사이로 피가 쉴 새 없이 흘러 내렸다.

박기영은 화난 얼굴로 자신의 상처 부근을 내려다보았다.

상당한 출혈량이다.

박기영은 발자국 소리에 고개를 들었다.

문 앞에 선 남자는 키가 컸고 하얀 마스크를 쓰고 있었다.

그가 장갑 낀 손으로 바닥에 떨어진 총을 주워들었다.

그의 손에서 총이 순식간에 해체 되었다.

남자가 칼을 고쳐 잡았다.

박기영은 아랫입술을 꽉 깨물며 화장실 안으로 도망갔다.

남자는 천천히 걸어 화장실 문고리 옆을 발로 힘껏 밀어 찼다.

잠겨 있던 문이 부서지면서 힘없이 열렸다.

남자가 화장실 안으로 들어설 때, 박기영이 벽에 붙이고 있던 몸을 날렸다.

달려드는 박기영을 향해 남자의 칼이 현란하게 그림을 그렸다.

칼날이 2초도 체 흐르기 전에 팔목과 허벅지 종아리 어깨를 지나갔다.

박기영이 피를 흩뿌리며 바닥에 쓰러져 통증에 물든 얼굴로 꿈틀 거렸다.

◇◇◇

문이 열리고 채아가 헝클어진 머리로 들어왔다.

정우는 반쯤 초점 없는 눈으로 그녀를 바라보았다.

그녀는 정우의 손목에 묶여있는 줄을 풀기 위해 노력했다.

"잠깐만 기다려. 금방 풀어줄게."

그녀는 줄이 잘 풀리지 않는지 힘겨워했다.

채아는 시체 옆으로 걸어가 회칼을 들고 다시 돌아왔다.

그녀는 칼에 묻은 피를 아랑곳하지 않고 정우의 몸을 묶고 있는 끈을 잘라 냈다.

채아가 옆으로 이동해 김주호의 몸을 묶어놓은 줄을 잘라내기 위해 로프에 칼날을 대고 썰었다.

"선생님……."

힘겹게 줄을 다 잘라낸 그녀가 정우에게 고개를 돌리다가 몸으로 떨어지는 피를 느끼고 천천히 고개를 들었다.

채아가 비명을 지르며 손에 들고 있던 칼을 놓쳤다.

그녀는 이어 숨이 쉬어지지 않을 정도로 울음을 터트렸다.

정우는 주호에게 다가가 젖은 눈으로 그를 보며, 반쯤 떠 있는 눈을 손으로 감겨 주었다.

손 끝에서 현실이 지독하게 느껴졌다.

시간이 얼마 지나지 않았음에도, 주호의 피부는 너무도 잔인하게, 차가워져 있었다.

제 7 화

진실

제 7 화
진실

I

재건축 호텔 건물 앞에 구급차와 싸이렌 소리가 시끄럽게 울려 퍼졌다.

피투성이인 시체들이 구급차로 줄지어 실려 나갔다.

최 검사는 마른침을 삼키며 뛰어 갔다.

"누구십니까. 관계자 외 출입금⋯."

최 검사가 경찰을 밀치고 안으로 뛰어 갔다.

"잡아!"

한 남자의 외침에 경찰들이 최 검사의 등을 향해 달려갔다.

출입문 앞에서 최 검사를 잡았다.

"계장. 이민우 계장 어딨어?"

최 검사가 양 팔이 붙잡힌 채로 다급하게 물었다.

"어딨냐고 이 새끼들아!"

최 검사의 외침에 경찰들이 벙 찐 표정을 지었다.

"검사님. 저 여기 있습니다."

최 검사가 뒤를 돌아봤다.

계장이 퉁퉁 부운 얼굴로 서 있었다.

최 검사는 안도의 한숨을 깊게 내쉬었다.

"다행이다. 살아 있었구나."

경찰들이 검사라는 말에 황급히 잡고 있던 팔을 내리고 경례를 했다.

"진짜 죽는 줄 알았습니다. 아⋯⋯. 진짜 내가 제 명에 못 살지."

계장이 앓는 소리를 냈다.

"이정우랑 김주호는?"

계장의 눈이 어두워졌다.

"말을 해 봐. 어떻게 된 거야."

"이정우는 호송 중이고 김주호는⋯⋯."

"김주호는?"

"죽었습니다."

최 검사는 그 자리에서 얼어 버렸다.

현기 그룹의 손자가 죽었다.

세상이 뒤집어질 것이다.

한동안 이곳저곳이 폭탄이 떨어진 것처럼 시끄러워질 게 한 눈에 그림이 그려졌다.

비상이 걸려도 극악으로 걸렸다.

끊었던 담배 생각이 날 지경이었다.

"여자 하나 있다고 하지 않았어?"

"예. 좀 정신적으로 충격이 큰 것처럼 보였습니다."

"넌 근데 얼굴이 왜 그래? 중간에 잡힌 거야?"

계장이 부끄러운 듯 얼굴을 돌렸다.

"제가 경찰은 아니잖아요."

"미안하다. 정말."

"아니에요."

"현장 상황은?"

최 검사가 굳은 얼굴로 호텔을 올려다보며 물었다.

"총기 및 흉기로 제가 알기론 20명 이상으로 알고 있습니다."

최 검사가 이를 바득 갈았다.

"샹. 어떤 놈들이길래 판을 벌려도 이렇게 크게 벌려."

"그러니까요."

"이정우 상태는?"

"멀쩡합니다."

최 검사는 헛웃음을 흘렸다.

"그럼 뭐야. 이정우랑 그 여자를 제외하고 살아있는 놈 숫자는?"

"없었습니다. 경찰이 조금 늦게 도착했어요."

"하여튼 씨팔. 그럼 살아있었던 건 이정우와 그 여자 뿐 이라는 거지?"

"예."

"고생 많았다. 앞으로는 이런 일 없을 거야. 구급차 타고 너도 가서 치료 받아."

"괜찮아요."

"말 좀 들어라."

계장이 쓰게 웃으며 고개를 끄덕였다.

"알겠습니다."

계장을 보내고 최 검사는 끊임없이 실려 나가는 시체들을 보며 얼굴을 구겼다.

대체 무슨 일이 있었던 거야…….

◆◆◆

정우는 취조실에서 마치 죽은 사람처럼 앉아 있었다.

눈에는 초점이 없었고 오래된 가뭄처럼 말라있었다.

담당 경찰은 정우를 보며 쓴 침을 삼켰다.

같은 체육관에서 일을 했던 서채아는 늦게나마 진술서를 제출했지만 이정우는 아직 진술서를 쓰지 않고 있었다.

빨리 일을 처리해야만 하는 담당 경찰로써는 이정우의 입장은 이해하지만 상황이 상황인만큼 짜증이 나지 않을 수 없었다.

"계속 그렇게 입 다물고 있어선 곤란해. 넌 피해자잖아. 이렇게 길어지면 괜한 오해를 사게 된 다고."

"제가 죽인 겁니다."

"뭐?"

"제가 죽인 거에요."

정우의 눈에서 눈물 한 줄기가 뚝 떨어져 내렸다.

얼굴이 일그러졌고, 죽은 것만 같던 눈이 한순간에 절망과 슬픔으로 붉게 물들었다.

경찰은 머리를 긁으며 땅이 꺼져라 한숨 쉬었다.

"그래. 알았으니까. 얘기해봐. 무슨 일이 있었는지. 기억나는 대로 천천히."

정우가 허리를 숙여 흐느껴 울었다.

"시간이 좀 필요해 보이네. 그래도 내 입장도 제발 이해 좀 해주라. 그리고 네 친구를 위해서라도. 담배 하나 피고 올 테니까. 마음 좀 추스르고 있어."

경찰은 담뱃갑을 꺼내며 취조실을 나갔다.

그가 나간 후, 정우는 쏟아지는 감정을 견뎌야 했다.

주호가 보였다.

처음 학교에서 만났을 때.

녀석과 싸웠던 순간.

놈이 자신을 믿고 다가오기 시작했던 순간들.

웃는 얼굴.

함께 미래를 그렸던 순간.

정우는 입술을 깨물며 터지는 울음을 삼켰다.

마치 고장이라도 난 것처럼.

씹고 씹어서 삼키려 해도, 눈물이 멈추질 않았다.

거짓말 같이…….

한 순간에 보내버리고 말았다.

스스로의 오만이 주호를 죽음으로 내몬 것만 같아 숨이 쉬어지질 않았다.

정우는 손으로 눈을 덮으며, 한참을 어두운 취조실에서 울음을 쏟아냈다.

경찰서를 나오자 부모님이 서있었다.

얼굴에는 수심과 걱정이 가득해 보이는 모습이었다.

정우는 고개를 들 수가 없었다.

"죄송합니다."

아버지가 다가와 안아주었다.

"얘기 다 들었다. 고생 했어."

등을 토닥여 주었다.

마음이 심해 속으로 가라앉는 기분이었다.

"죄송합니다."

"괜찮아. 괜찮다."

어머니가 손수건으로 눈물을 훔치는 모습이 보였다.

아버지의 품은 따뜻했고, 어머니의 눈물은 뜨거웠다.

정우는 아버지의 품에서 깊은 숨을 토해냈다.

병실에 앉아 창문 밖을 보던 채아는 문이 열리는 소리에 고개를 돌렸다.

검은 정장을 말끔히 차려 입은 정우가 보였다.

"왔니?"

채아가 애써 밝게 웃어 보였다.

"좀 괜찮으세요?"

채아가 침대에서 내려와 정우를 안아주었다.

"안 괜찮아. 많이 아파."

정우의 무표정한 얼굴에서 눈물이 흘렀다.

"죄송합니다."

정우가 먼눈으로 말했다.

"정우야. 누구의 잘못도 아니야. 우리 주호만을 위해서
울자."

정우는 눈을 감고 눈물 섞인 침을 삼켰다.

채아가 웃으며 정우의 등을 토닥였다.

"주호 장례식장 가는 길이지? 같이 가자."

"많이 힘드실 거예요. 천천히 오세요."

"정우야."

채아가 정우의 얼굴을 손으로 쓰다듬었다.

"네 잘못이 아니야. 응? 아무리 힘들어도 네 자신에게까
지 화살을 돌려선 안 돼."

정우가 눈물로 얼룩진 얼굴로 웃었다.

"네."

"그리고 보니까 옷도 없고. 가려면 시간 좀 걸리겠네.
먼저 가. 근데 괜찮겠어 혼자 가도?"

"네. 걱정하지 마세요."

정우는 채아와 인사를 나누고 병실을 나왔다.

병원을 나와 하늘을 올려다 보았다.

주호와 자주 하늘을 보곤 했었다.

파란 하늘은 그 때처럼 아름다웠다.

주호가 다시 이 하늘을 볼 수 없다는 사실이 정우의 가

숨을 찢어냈다.

정우는 눈을 질끈 감았다가 뜬 후, 길게 호흡하고, 주호의 장례식장을 향해 걸음을 옮겼다.

◇◇◇

김주호의 장례식장에는 긴 조문 행렬이 이어졌다.

정우는 조용히 줄을 서서 차례를 기다렸다.

시간이 흐른 후, 주호가 있는 4호실로 신발을 벗고 들어갔다.

영정 사진 앞에서 시들어버린 것처럼 앉아있던 신민주가 정우를 보고 천천히 일어났다.

"네가 여길 어떻게 와."

신민주가 얼굴을 일그러트리며 달려와 정우의 멱살을 잡아 흔들었다.

"너 때문이야. 너만 아니었어도! 너랑 어울리지만 않았어도. 우리 아들에게 그런 일은 벌어지지 않았어. 이 씹어 먹어도 시원치 않을 살인자 놈!"

신민주가 손바닥으로 정우의 얼굴과 몸을 때렸다. 그러다 신발장으로 뛰어가 신발을 들고 정우에게 던졌다.

정우는 피하지 않고 맞았다.

몸이 흙투성이가 됐고, 신민주가 던진 물건에 정우의 이마가 찢어져 피가 흘러 내렸다.

사람들이 놀란 얼굴로 달려와 신민주를 잡아 말렸다.

신민주가 경멸하듯 정우를 노려보다가 악을 지르듯 비명 섞인 울음을 터트리며 주저앉았다.

"그 애가 어떤 앤데. 나한테 어떤 앤데. 네가 주호를 뺏어가."

주변 사람들의 시선이 몰렸다.

수근 거리는 소리가 들려왔다.

정우는 다소 창백한 얼굴로 방에 들어가 주호의 영정 사진 앞에 섰다.

순식간에 눈물이 앞을 가렸다.

사진 속 주호의 얼굴을 보자 가슴이 먹먹해져 도저히 더 쳐다보기가 힘들었다.

정우는 잠깐 고개를 돌려 숨을 한 차례 고른 뒤, 꽃을 올리고 절을 두 번 했다.

절을 마치고 일어날 때 신민주가 달려와 뒤에서 정우의 옷깃을 잡아 당겼다.

"재수 없으니까 당장 나가. 우리 아들 가는 길 재수 없게 만들지 말고 꺼져!"

신민주가 독한 눈빛으로 정우를 노려보며 얼굴을 부들부들 떨었다.

"애기야. 주호 앞에서 그러지 말자."

현기 그룹의 회장이 말했다.

주호의 아버지인 김정기는 무릎을 꿇은 체, 하염없이 주호의 사진을 보고 있었다.

"잠깐 나가서 얘기 좀 하자."

회장이 말했다.

정우는 짧게 고개를 끄덕이고, 그의 말대로 했다.

절차를 끝내고, 회장과 함께 대기실로 나와 의자에 앉았다.

"너도 어쩔 수 없는 일이었다는 거. 알고 있어."

회장이 말했다.

"죄송합니다."

정우의 사과에 회장은 고개를 저었다.

"네가 잘못한 게 아니야. 잘못한 놈들은 따로 있지."

"제가 반드시……. 찾아내서."

정우의 굳은 얼굴에서 눈물 한 줄기가 흘러 내렸다.

회장이 정우의 어깨를 토닥였다.

"오늘은 주호 애미가 많이 힘든 날이다. 며칠 간 더 그럴 거고. 오늘은 그만 돌아가고, 내 다시 너를 부를 테니까. 그 때 보자꾸나."

정우는 몸을 일으켜, 회장에게 깊이 허리 숙여 인사하고 장례식장을 나왔다.

멍한 눈으로 터덜터덜 힘없이 길을 걷던 정우는 휴대폰 진동 울림에 걸음을 멈추고 휴대폰을 꺼내 들었다.

문자 메시지 한 통이 와 있었다.

MMS 사진 파일.

사진을 확대해서 확인하는 순간, 정우의 눈이 흔들렸다.

Ⅱ

험한 산길을 올랐다.

빠른 걸음으로 약 40분을 걸었다.

바닥은 울퉁불퉁했고 길도 제대로 만들어져 있지 않았다.

어두운 밤.

정우는 손전등에 의지해, 그가 보낸 약도를 떠올리며 서둘러 산길을 올랐다.

얼마나 걸었을까.

가파른 산길을 지나, 조금은 평평해진 길이 나왔을 때, 크게 멀지 않은 곳에서 붉은 빛이 보였다.

정우는 그 곳이 그가 약속한 장소라는 것을 깨닫고, 걷는 속도를 조금 더 빠르게 올렸다.

빛을 따라 걷기를 5분.

금세 정우는 목적지 앞에 도착할 수 있었다.

빌라는 꽤 규모가 컸다.

2층까지 있었고, 100평은 훌쩍 넘어 보였다.

심플하게, 잘 관리되어 있다.

정우는 주변을 살펴보았다.

보통 사람들이라면 이런 곳에 빌라가 있을 거라고는 전혀 예상하지 못할 위치였다.

차가 올라오는 길도 없고, 도착지까지는 험한 산길이 계속해서 이어진다.

아마도 은폐를 목적으로 지어진 집 같았다.

그런 주제에 이렇게나 잘 관리되어 있다는 게 신기할 정도였다.

정우는 주머니에서 휴대폰을 꺼내 그가 보낸 사진을 다시 한 번 확인해 보았다.

사진 속에서 의자에 묶여있는 박기영이 보였다.

자세히는 보이지 않았지만 꽤나 초췌해 보이는 모습.

정우는 휴대폰을 집어넣고, 출입구를 지나 마당을 가로질러 현관문 앞에 서서 초인종을 눌렀다.

그를 기다리는 사이 긴장감이 허리를 훑고 지나갔다.

잠시 후.

문이 열리고, 열린 문 사이로 한 남자의 얼굴이 드러났다.

평범한 외모였다.

키는 180정도로 자신과 비슷했다.

부드러운 외모였지만 피부는 다소 거칠었고 눈빛은 날카로움이 간신히 숨어있는 듯 했다.

"들어와."

정우는 그를 최대한 경계하며 안으로 들어섰다.

빌라 안으로 들어서면서, 정우는 자신의 기억 속에 존재하는 장면과 눈앞의 공간이 일치하는 것을 떠올릴 수 있었다.

꿈에서 보았던 그 공간.

그 공간이 눈앞에 있었다.

어지러운 서류.

픽스드 나이프.

깨진 유리창.

총기 싸움.

정우는 마른침을 삼켰다.

꿈속의 장면과 지금의 공간이 오버랩 되어 겹쳐졌다.

"기억이 나는 게 있나?"

남자가 거실 소파로 걸어가며 물었다.

꿈속과 달리 지금은 모두 새로운 가구들이 배치되어 있었지만 정우는 이곳이 꿈속에서 보았던 곳임을 확신할 수 있었다.

184

남자는 소파 부근에서 정우를 보며 조용히 대답을 기다렸다.

"박기영 어딨어?"

정우가 물었다.

남자는 희미하게 웃었다.

"내가 알던 친구는 그런 성격이 아니었는데. 이성보다 감정이 앞서다니……."

남자는 쓰게 웃었다.

"변했군."

"어디 있어?"

정우가 격양된 감정으로 누르며 물었다.

남자는 복잡한 마음이 담긴 눈으로 정우를 보았다.

"그 전에. 마무리해야 할 이야기가 있어. 앉아."

정우는 어금니를 깨물며 고개를 돌려 감정을 추슬렀다.

"그래. 말해봐. 당신은 도대체 누구고, 그동안 지금까지 날 도와준 이유가 뭔지. 설명해봐."

"조금은 긴 이야기가 될 거야."

"그러니까 빨리 말해. 한가하게 티타임으로 시간 나눌 기분 아니니까."

남자는 짧게 한숨 쉬고, 베란다 통유리창 앞에 있는 유리 테이블 앞에 앉았다.

"내 이름은 유지한. 국가기밀정보원이다."

"……."

"사고가 있었지."

유지한의 얼굴이 흐려졌다.

그는 정우를 보며 말을 이었다.

"대로변에서의 교통사고. 그 이후로 넌 기억상실증에 걸렸고."

정우는 웃었다.

"그래서?"

"믿을 수 없는 일이 일어났다. 과학적으로는 설명할 수 없는. 아주 미스터리한 일이."

"장난칠…."

"이상하지 않아? 모든 것들이. 네 성격. 네 행동. 네 기억."

"쉽게 설명해라. 시간 끌지 말고."

"넌 이정우가 아니라 이현이다."

정우의 눈이 잠시 멍해졌다.

"……뭐?"

"그 날 대로변에서의 사고로 서로 몸이 바뀌었어."

남자는 힘없이 웃었다.

"아니 영혼이 바뀌었다는 게 더 맞는 표현인가. 그러니까 네 영혼은 이정우에게. 이정우의 영혼은 내 친구 이현에게로."

정우의 안면 근육이 뒤틀렸다.

"그런 말도 안 되는……."

"나이 28세. 내가 어릴 적부터 알았던 진짜 네 이름은 이 현. 공식이름은 코드넘버 제로. 외교 1급 국가기밀정보원."

"헛소리하지 마."

"사고가 있던 날. 넌 쫓기는 중이었다. 목숨을 걸고 임무를 완수했지만 국가는 네가 너무 많은 걸 알고 있다는 이유로 너를 버렸다. 정보를 파기하기 위해 너를 없애기로 결정한 거야. 중간에 그 사실을 알게 된 넌 정보를 팔기 시작했고. 그게 네가 쫓기는 이유다."

"지금의 이 몸이 내 몸이 아니라고? 그걸 지금 나보고 믿으라고 하는 얘기야?"

정우가 그에게 비웃음을 던지며 말했다.

"네게 진실을 알려주고 싶지 않았다. 그게 너를 위한 길이라고 생각했으니까. 너는 과거를 찾지 않았고, 현실에 충실했어. 너무 행복해 보였거든. 사고 이후 네가 이현이라는 사실을 알았을 때. 내가 그 사실을 완전히 받아들였을 때. 나는 네가 모든 것을 잊고, 새로운 삶을 살기를 원했다."

이유를 알지 못했던 기억의 파편.

자신의 과거와는 맞물리지 않는 기억.

그의 말이 진실이라는 귀로 들리지 않는 소리가 마음 안에서 울려 퍼졌다.

철컥-

방문이 열리는 소리가 났다.

정우는 그 문을 돌아보았다.

한 남자가 걸어 나왔다.

초췌한 얼굴이었다.

뺨은 음푹 패였고, 눈은 퀭했으며 몸은 다소 말라 보였지만 근육이 남아 있는 몸의 태는 단단해 보였다.

상당한 미남의 얼굴형을 가지고 있다.

정우가 유리 테이블 앞에 앉은 유지한을 쳐다보자 그는 쓴 표정으로 정우의 시선을 피했다.

정우는 다시 미남을 쳐다보았다.

그는 자신을 보며 눈물을 글썽였다.

"누구야……."

정우가 말했다.

"제 몸. 돌려주세요. 제발요. 엄마 보고 싶어요……."

미남자. 아니 이현. 정확히 말하자면 자신의 몸이 자신을 향해 눈물을 흘렸다.

소름이 온 몸의 가죽을 벗기듯이 끼쳐왔다.

정우는 정신적 충격으로 저도 모르게 뒷걸음질 쳤다.

남자가 일어나 방에서 나온 이현을 데리고 안으로 들어갔다. 그리고 잠시 후, 유지한은 거실로 나와 물 한잔을 가지고 정우에게 다가갔다.

"마셔."

정우가 이를 악물며 그가 들고 있는 물 잔을 손으로 쳐냈다.

물 잔이 바닥에 떨어져 산산조각이 났다.

"그게 사실이라면 왜 진작 얘기하지 않았던 거야!"

"얘기했잖아. 난 네가 과거를 잊고, 새로운 삶을 살기를 원했다고."

"그건 죽음이라고."

남자는 면목이 없는 듯 고개를 들지 못했다.

"미안하다."

정우는 남자를 한참동안 바라보다가 입을 열었다.

"그런 네가. 이제와 내게 진실을 털어놓은 이유는?"

"한국 내부로 잠입한 대테러리스트들이 한국을 겨냥하고 있다. 그들을 막지 못한다면 지금껏 보지 못한 전무후무한 테러가 발생할 거다. 네 도움이 필요해. 난 내국을 믿을 수가 없다."

"난 이 모든 정신 나간 상황들을 이해할 수 없고. 그게 사실이라고 해도 내가 거절한다면?"

"강요할 생각은 없다. 지하 1층에 1급 비밀 정보가 네 개인 금고 안에 들어 있다. 나도 그 비밀 번호는 몰라. 네가 비밀번호를 기억한다면, 지구상의 놀라운 비밀들은 물론 네 자신에 대해서도 많은 것을 알 수 있게 될 거야."

유지한은 깊은 한숨을 쉬었다.

"나는 오늘 비행기로 뉴욕으로 간다. 저 방 안에 있는 녀석. 이현, 아니 이정우와 함께."

유지한이 정우의 어깨에 손을 올렸다.

"박기영은 지하 2층에 감금되어 있다. 테러리스트들은 비공식적인 테러 날짜를 지금으로부터 약 11개월 후로 잡았다. 시간이 조금은 남았어. 그 기간 안에 놈들을 막아야 해. 결정을 내린다면, 0002104017 로 연락해라."

정우의 얼굴이 굳어졌다.

"네 자신을 되찾을지. 네 과거를 버리고 새로운 길을 갈 것인지는 네가 결정해. 나는 네게 진실을 털어놓았고, 결정은 언제나 그랬듯 네 몫이다. 선택은 네가 하는 거야."

남자는 방에 들어가 이현을 데리고 나왔다.

한 손에는 가방을, 다른 한 손은 이현의 손목을 잡아끌었다.

그가 나가는 길.

이현과 눈이 마주쳤다.

자신의 육신과 마주하는 기분은 기묘했고 끔찍했으며

참담했다.

두 눈을 마주친, 이현의 눈 속에는 많은 감정들이 담겨
있었다.

아마 평생 저 눈을 잊지 못하리라.

정우는 주먹 쥔 손을 가늘게 떨었다.

과거와 현재의 충돌이 정우의 머릿속에서 거대하게 충
돌하고 있었다.

제 8 화

고문

제 8 화
고 문

I

유지한이 지하로 내려가는 비밀문의 위치를 알려주었
다.

지하로 내려가는 문은 작은 방 카페트 아래에 감춰져 있
었다.

번호를 맞춰 잠금장치를 열고 정우는 아래로 내려갔다.

비밀문은 계단 아래.

안쪽에서도 문을 열 수 있도록 만들어져 있었다.

정우는 비밀번호를 입력해 문을 잠근 뒤 계단을 내려갔
다.

지하 1층은 두꺼운 철문으로 잠겨 있었다.

아마 이 곳이 그가 말한 정보지가 숨어 있는 곳이리라.

정우는 그 곳을 지나친 뒤, 곧장 2층 아래로 내려갔다.

가장 먼저 보고 싶은 얼굴이 있다.

박기영.

정우는 빠른 걸음으로 지하 2층으로 내려왔다.

1층과 달리 2층은 보통문과 다르지 않았다.

정우는 잠금을 해제하고 문을 열었다.

새하얀 방.

좌우로 깨끗한 고문 도구들이 놓여 있었고, 넓은 홀 중앙에 박기영의 의자에 앉은 체, 손목과 발목이 의자와 연결된, 굵은 가죽 끈에 묶여 있었다.

이 방은 없는 게 없었다.

마치 고문을 위해 존재하는 것 같은 곳이었다.

많은 종류의 고문 도구가 있었고, 상처를 치료할 수 있는 도구들도 다량 준비되어 있었다.

정우는 안으로 들어서면서 문을 닫았다.

고개를 깊이 숙이고 있던 박기영이 얼굴을 들었다.

그가 정우의 얼굴을 보고 비릿한 미소를 지었다.

"이렇게 만날 거라고는 상상도 못했었는데."

박기영이 키득 거리며 웃었다.

"너 대체 정체가 뭐냐?"

박기영이 미소를 입가에 걸고서, 정우를 날카롭게 보며 물었다.

정우는 검은 재킷을 바닥에 벗어 던지고, 넥타이를 풀어 목에 걸었다.

"내가 지금 제정신이 아니야."

소매를 걷고 그에게로 걸어갔다.

박기영의 얼굴에 긴장감이 올라오는 게 보였다.

정우는 건조한 시선으로 그를 내려다보았다.

"죽여."

박기영이 야생짐승처럼 으르렁 거리듯 말했다.

정우는 망치 하나를 집어 들고 박기영에게로 돌아왔다.

"죽여봐!"

박기영이 입을 찢어질 듯 크게 벌리며 소리 질렀다.

정우가 박기영의 어깨에 망치를 휘둘렀다.

뼈에 금이 가는 게 손끝에서 느껴졌다.

"아아악! 으어……."

박기영은 눈물을 흘리며 고통의 신음을 흘렸다.

"고맙다. 정말 고맙다. 이렇게 내 눈 앞에 멀쩡히 살아 있어 줘서."

"죽여 봐 이 개자식아. 하나도 겁 안 나니까."

"네가 죽을 수 있는 방법은 몇 가지가 있을 거야. 예컨데 혀를 깨물고 죽는 것, 쇼크사, 정신분열, 과다출혈. 네 개 정도 밖에 떠오르지 않는데 혹시 생각나는 게 있으면 얘기를 해줘. 주의 할 테니까."

정우는 고문 도구가 놓여있는 탁자 위에 휴대폰을 꺼내 올려놓았다.

"내가 원하는 걸 얘기한다면, 네가 고통을 받는 시간은 줄어 들 거다. 물론……. 넌 내게 아주 솔직해야져야만 해. 난 신의 눈을 가져서 거짓을 판별할 수 있거든. 네 두 눈은 반드시 진실만을 내게 보여야 할 거야."

"좆 까는 소리하고 있네."

박기영이 정우를 향해 침을 뱉었다.

정우는 아랑곳하지 않는 표정으로 박기영을 지그시 쳐다보았다.

"솔직히 놀랐어. 너희같은 놈들도 가족애라는 게, 애정이라는 게 있을 수가 있구나. 물론 그것도 핑계일 수도 있겠지. 단순한 악취미를 가졌을지도 모르는 일이고. 어쩌면 정말 애정이 있는 걸지도. 그런데 중요한 건 이렇든 저렇든 네 개인사엔 내가 별로 관심이 없다는 거야. 넌 내게 내가 필요로 하는 정보를 상세하고 자세하게 설명해줘야 할 거다."

정우는 벽에 걸려 있는 시계를 올려다보았다.

"현재 시간 오후 7시 47분. 8시부터 시작한다. 5분 게임에 10분 휴식이다."

정우는 말을 마치고 고문도구 쪽으로 걸어가 도구들을 살폈다.

전기 이발기 하나를 집어 주머니에 넣었다.

시계 초침이 움직이는 소리가 고요한 내부에 흘렀다.

박기영은 핏발 선 눈으로 정우를 노려보았다.

"이봐."

정우는 그를 돌아보았다.

박기영은 길쭉하게 웃고 있었다.

"복수는 복수를 낳는 법이지. 너처럼. 그리고 절대 멈추지 않아."

정우는 시간을 확인했다.

"50분. 10분 남았다."

"내가 죽으면 어떻게 될까?"

박기영이 웃으며 숨이 잔뜩 들어간 낮은 소리로 말을 이었다.

"너랑 가장 가까운 사람들이 죽게 되겠지. 바로 네 부모."

박기영이 낮게 깐 목소리로 말했다.

정우는 작고 날카로운 나이프 하나와 지포 라이터를 챙긴 뒤, 의자를 끌어와 2m정도의 간격을 두고 박기영과 마주보고 앉았다.

"글쎄. 널 살리는 것보단 이게 훨씬 더 안전한 방법일 것 같은데."

정우는 시간을 다시 확인했다.

"8분 남았다."

박기영의 머릿속에 태엽이 굴러가는 게 보였다.

정우는 그를 조용히 응시했다.

"날 살려내야 할 거야. 그렇지 않으면 네 가족. 친척. 하나도 남김없이 처참한 시체가 될 테니까. 물론 너 역시도 마찬가지고."

"죽음이 두려워?"

"너 같은 변태랑 달리 난 정상이거든."

"죽음은 안식이다. 그러니 걱정하지 마. 난 네게 안식을 그렇게 쉽게 안겨다 줄 생각은 없으니까."

"조금 비겁하다는 생각 안 들어? 난 적어도 쉽게 보내줬다고. 총알 한 방에 깔끔히. 날 결국 죽일 생각이라면 계산은 좀 맞춰줬으면 하는데."

정우는 그를 보며 엷게 웃었다.

"욕심이 과하네."

"그럼 씨발 그냥 죽여 이 개새끼야!"

박기영이 목에 핏대를 세우며 욕설을 내질렀다.

"1분."

"죽여. 죽여. 죽이라고 이 개 씨발 새끼야! 너도 결국 나랑 다를 게 없어. 선한 척 하지만 결국 나보다 더 악랄하고 더럽고 나쁜 놈이라고. 아직 환경이 주어지지 않았을 뿐인지. 너도 결국 괴물이 될 거야. 나보다 훨씬 더 무서운. 그런 괴물. 네가 어떤 놈인지. 정체는 모르지만. 난 알아. 너도 결국 나와 다를 바 없는 놈이라는 걸 잊지 말라고."

정우는 라이터를 들어 보였다.

"이 라이터는 지혈을 위해 쓰일 거고."

정우가 나이프를 들어 보였다.

"이건 네 살과 뼈를 하나씩 잘라내기 시작할 거다."

정우를 노려보던 박기영이 굳은 얼굴로 침을 삼켰다.

"원하는 게 뭐야? 원하는 걸 모두 네게 주면, 고통 없이 죽여줄 수 있나?"

"약속하지."

"좋아. 그럼 얘기할게. 얘기 할 테니까……."

"쉿."

검지손가락으로 입을 가렸다.

정우는 시계를 확인했다.

초침이 12시를 가리켰다.

"약속은 지킨다."

정우가 의자에서 일어섰다.

"얘기한다잖아!"

정우는 나이프와 라이터는 왼손에 옮겨 쥐고, 오른손으로 주머니에서 전기 이발기 하나를 꺼내 박기영에게 다가갔다.

그는 흠칫 몸을 떨었다.

전원을 on 시키자 이발기에서 위이잉 하는 소리가 났다.

"뭐하는 거야?"

박기영이 불안한 눈초리로 정우를 보며 물었다.

"이렇게 간단히, 그리고 쉽게 만날 거라고는 생각하지 못했다. 솔직히 말해서 맥 빠질 정도야."

정우는 이발기로 박기영의 머리를 밀었다.

그의 어깨를 지나, 바닥에 머리카락이 후두둑 떨어져 내렸다.

"뭐하는 거냐고 이 새끼야. 머리는 왜 밀어."

정우는 말없이 그의 머리를 밀었다.

잠시 후, 박기영의 머리는 깨끗하게 민머리가 됐다.

"숨 쉬어."

정우가 이발기를 바닥에 버리고, 나이프로 박기영의 귀를 잘라냈다.

"아아아악!"

박기영이 입을 찢어질 듯 벌리며 비명을 내질렀다.

잘라낸 귀를 바닥에 버렸다.

박기영의 얼굴 옆으로 피가 쏟아져 내렸다.

지포라이터를 열어 부싯돌로 초심에 불을 붙였다.

엄지 손가락만한 불길이 활활 타올랐다.

정우는 그 라이터 불로 귀가 잘려나가, 출혈이 계속되고 있는 부위를 태웠다.

"으아아악!"

박기영이 뜨거운 고통에 전신을 뒤흔들었다.

의자가 덜컹거렸다.

튼튼하게 설계된 탓에 박기영이 미친듯이 몸을 흔들었지만 의자는 단단하게 제자리를 지켰다.

박기영의 잘려나간 한쪽 귀가 징그러운 화상 자국을 남기며 출혈이 멎었다.

그는 고통으로 말도 잇지 못하고 몸을 부들부들 떨었다.

정우는 약하게 웃었다.

"이제부터 시작이야. 엄살떨지 마."

"미친 개 싸이코 같은 자식……."

박기영이 부들부들 떨리는 목소리로 말했다.

정우가 박기영의 검지손가락 하나를 썰어내다가, 뼈가 걸려 불편함을 느꼈다.

절단기를 가져와 덜렁거리는 놈의 손가락을 완전히 잘라냈다.

"아아악!"

박기영이 머리를 뒤로 젖히며 비명을 질렀다.

정우는 지포 라이터로 다시금 잘려나간 부위를 불로 지졌다.

박기영은 가쁜 숨을 내쉬며 넘어갈듯 눈알 굴렸다.

"이제 좀 실감이 나?"

그는 고통으로 인해 정신을 못 차리는 듯 고개를 이리저리 꺾으며 꺽꺽 거리는 목소리를 냈다.

정우는 손에 들고 있던 도구들을 바닥에 모두 버리고 탁자 위에 올려둔 휴대폰을 가져와 다시 박기영 반대편 의자에 앉았다.

"얘기했다시피 약속은 지킨다. 하지만 네가 내게 진실하지 않는다면. 3일간 내게 죽여 달라고 소원하게 될 거야. 아주 절박하게. 살아있는 채로."

"뭘 원해. 원하는 게 뭐야."

박기영이 넋이 반쯤 나간듯한 표정으로 침을 흘리며 말했다.

"난 너에 대해서 어느 정도 알고 있다. 내가 알고 있는 것은 물론, 모든 것을 내게 얘기해야 돼. 네 자신은 물론 너와 관련된 모든 사람들에 대해."

"전부 죽일 생각인가?"

박기영이 흐리멍텅한 눈빛으로 정우를 보며 비웃듯이 물었다.

"네 대답에 실수가 있어선 안 될 거다."

"어차피 죽을 거. 미련도 없다. 다 얘기 할 테니까 제발 빨리만 보내줘."

정우는 녹음기를 켰다.

박기영이 자신에 대해, 그리고 가장 밀접하게 관계된 사람들에 대해 털어놓기 시작했다.

정우는 그의 얘기를 들으면서 머릿속이 혼란스러워졌다.

그에게 더 이상의 가족은 없었다.

친척들과는 연을 끊은 지 오래다.

박기영의 영업 구역은 넓었고, 우호 관계는 수를 셀 수가 없다고 했다.

가족을 지키기 위해선 그들을 모두 죽여야 하는 걸까?

아니.

그렇게 해서는 끝이 없다.

불가능한 일이다.

숨기는 것도 있을 것이다.

분명히.

우리 아버지 어머니.

그 분들을 내가 가족이라고 해도 되는 걸까.

몸이 바뀌어 버린 자신이, 그들을 위해 할 수 있는 것들이란 게 존재하긴 하는 걸까.

문제의 근원.

정우는 자신의 존재가 껄끄럽게 느껴졌다.

생각에 생각을 더해 봐도, 결국 혼란의 중심은 자신이었
다.

정우의 눈빛을 읽은 것일까.

박기영이 몰래 웃다가 표정을 고쳤다.

"날 살리는 건 어때? 날 살려준다면, 두 번 다시 너랑 엮
이는 일은 없을 거야. 나도 너처럼 비밀스럽고 무서운 녀
석이랑은 두 번 다시 엮이고 싶지가 않거든. 너와의 악연
은 이걸로 끊지. 하지만 날 죽인다면."

박기영이 고개를 가로 저었다.

"힘들어질 거야 정말."

정우는 고개를 들어 냉랭한 눈으로 그를 보았다.

"이미 충분히 힘들어."

정우가 의자에서 일어났다.

박기영이 공포에 질린 얼굴로 떨었다.

"죽여줘. 죽여 달라고. 살릴 생각이 없다면. 어차피 죽
일 거라면 네 말대로 했잖아. 더 이상의 고문은……."

정우는 바닥에 누워있는 절단기를 주워들었다.

"약속했잖아!"

박기영이 침을 튀기며 소리 질렀다.

"난 네가 내게 별로 솔직한 것 같지가 않아."

철컥

손가락 하나가 바닥에 떨어졌다.

"아아아악! 개 썅! 아아악! 이 씨발 개 좆 같은……. 어어……."

라이터로 잘려나간 손가락을 지졌다.

박기영은 고개 숙여 덜덜 떨었다.

정우는 라이터와 절단기를 버리고 망치를 가져왔다.

망치를 휘둘러 무릎을 때려 부셨다.

망치를 연이어 휘둘렀다.

피가 터지고, 무릎이 기형적으로 휘어지기 시작했다.

"커, 커억!"

박기영이 피 섞인 침을 입 밖으로 뿌렸다.

정우는 망치를 신경질적으로 바닥에 내던졌다.

박기영은 눈알이 반쯤 뒤집어진 체, 고개가 모로 꺾여 있었다.

수도꼭지를 틀어 양동이에 물을 채웠다.

물을 반쯤 채운 다음, 양동이를 들어 박기영의 얼굴에 물을 확 끼얹었다.

박기영이 신음을 흘리며 물에 젖은, 늘어진 얼굴로 정우를 올려다보았다.

"사, 살려 주세요. 아 아니. 빨리 죽여주세요. 어차피 죽일 거잖아요."

정우가 고개를 저었다.

"아직은 아니야."

"왜, 왜…. 씨발 이렇게까지……."

"왜냐고?"

정우가 슬픈 웃음을 지었다.

"정말 몰라서 물어?"

정우의 눈에서 눈물 한 줄기가 떨어져 내렸다.

"기억나게 해줄게."

정우가 한 마디 한 마디를 씹어서 말했다.

욕조에 마개를 닫고, 물을 틀었다.

물을 받는 사이, 정우는 목각 나무 하나를 가져와 박기영의 발 앞에 던져두고, 망치와 못을 가져 왔다.

박기영이 공포감으로 호흡이 격해 졌다.

그의 발바닥 한 쪽을 나무 위에 올렸다.

못을 발등에 대고, 망치를 박아 넣었다.

망치질이 시작되면서 박기영의 멈추지 않는 비명이 시작됐다.

"아아아아악!"

타앙 타앙 탕!

못 하나가 발등을 뚫고 나무에 박혀 들어갔다.

"제발. 아아 제발…"

박기영이 눈물을 흘리며 호소했다.

정우는 쉬지 않고, 나머지 발 한 쪽도 나무에 대고 못을 박아 넣었다.

양 발을 나무에 대고 못을 박은 뒤, 정우는 차오르고 있는 욕조 물을 돌아보았다.

물이 3분의 1정도로 차오르고 있었다.

소독약 하나를 가져와 박기영의 발등에 뿌렸다.

박기영은 통증으로 울면서 몸서리를 쳤다.

"제발 죽여주세요. 제발요."

박기영이 간절하게 빌었다.

정우는 무겁게 비웃어 주었다.

"너무 뻔뻔하잖아. 그런 부탁을 하기엔."

정우의 눈에 감정이 들끓었다.

"어렸을 때부터 상처를 떠안고, 힘들게 살아간 아이가. 겨우 맘 잡고 얼마나 열심히였는데. 아무런 죄 없는 아이를. 민 대표도 너도."

정우가 흐느껴 울었다.

"그렇게…. 어떻게 그렇게 잔인하게."

정우는 격한 호흡을 가다듬으며 고개 숙여 숨을 골랐다.

손등으로 눈물을 닦아내고 숨을 크게 내뱉었다.

"형제애? 넌 네 형. 아니 네 부모를 원망하게 될 거야. 너를 태어나게 만든. 네 부모를 원망해. 넌 오늘 네가 태어난 걸 저주하게 될 테니까."

정우는 박기영의 손목과 발목을 묶고 있는 굵은 가죽끈을 풀어냈다.

뒷덜미를 잡아 바닥에 밀었다.

쓰러진 박기영은 의식이 반쯤 흐릿해지고 있었다.

정우가 그의 앞으로 걸어가 무릎을 굽혀 앉았다.

"곧 죽을 수 있을 것 같지? 기대하지 마. 몸이 많이 안 좋게 느껴지겠지만, 인간은 의외로 강하거든."

정우가 박기영의 뒷머리를 잡아 욕조 앞으로 끌고 갔다.

물이 차오르고 있는 욕조에 박기영의 얼굴을 처박아 넣었다.

30초가 흘렀다.

박기영이 고통으로 남은 체력을 모두 쓰며, 안간힘으로 몸을 흔들었다.

10초가 더 지난 후, 박기영의 머리를 물속에서 꺼냈다.

"푸악! 으헉."

박기영이 기침을 하며 입에서 물을 토해냈다.

정우는 링겔 주사를 박기영의 손등에 놓았다.

나무 테이블 옆면에 못 하나를 박고 거기에 수액팩을 걸었다.

박기영이 헐떡 거렸다.

"벌써부터 그렇게 힘들어 하지 마. 아직 시작도 안 했으니까."

전화벨이 울렸다.

정우는 번호를 확인했다.

자신을 부른 남자.

유지한.

그의 번호였다.

정우는 전화를 받았다.

– 어디야?

"지하 2층."

– 비밀번호는 기억나?

"아직 확인 안 해봤는데 왜?"

– 그쯤하고 일단 위로 좀 올라가야겠다. 누가 찾아왔어. 카메라 확인 결과, 이현. 그러니까 몸이 바뀌기 전의 너를 찾는 사람들은 아닌 것 같다. 아마도 네 뒤를 밟은 것 같아.

"어떻게 안 거야?"

– 침입자가 들어오면 센서가 확인하고, 즉각 내 휴대폰으로 수신이 온다. 누군지 만나서 확인 해봐. 분명히 얘기하지만 그 누구라도 믿지 말고 조심해야 한다.

"당신은 공항으로 가는 중인가?"

– 그래.

정우는 천장을 올려다보며 고개를 끄덕였다.

"알았다."

— 절대 들키지 마라. 박기영은 물론 네 비밀 금고에 대해, 상대가 누구든 알게 된다면. 네 생존 가능성은 없어. 국가라는 괴물이 널 삼키게 될 거다.

"끊어."

— 만약 빌라에 대해 물어보면 알아서 대충 내 쪽으로 핑계 돌려. 주의를 끌어선 안 돼. 다시 말하지만 절대 들켜선 안 된다.

정우는 전화를 끊고 테이프를 뜯어 박기영의 입에 붙였다.

박기영의 몸은 죽어 있는 것 같았다.

그는 수조 밖, 힘을 잃은 금붕어처럼 숨만 겨우 헐떡거렸다.

정우는 휴대폰으로 박기영의 모습을 사진 찍었다.

얼굴부터 발끝까지 촬영했다.

이후, 정우는 그를 의자에 앉혀 가죽끈으로 손목을 묶은 뒤, 지하실을 나와 지상으로 올라갔다.

조심스레 비밀문을 열고 바깥으로 나왔다.

문을 소리 나지 않게 닫고, 위로 카펫을 다시 깔았다.

방 안에 있는 전신거울 앞에서 옷매무새를 다듬다가 피가 묻어있는 것을 발견했다.

셔츠를 벗어 옷걸이에 걸려 있는 스웨터를 입었다.

팔이 조금 짧아, 소매를 걷어 올리고 머리를 다듬었다.

피 묻은 셔츠는 서랍을 열어 안에 넣어 두었다.

거실로 나와 내부에 사람이 있는지 둘러본 뒤, 침입의 흔적이 없음을 확인하고 현관문으로 향했다.

쿵쿵쿵!

현관문으로 가까이가자 문을 두드리는 소리가 났다.

"누구십니까?"

정우가 문 쪽을 경계하며 물었다.

"이정우?"

문 밖에서 자신을 알아보는 남자의 목소리가 들렸다.

정우는 천천히 문을 열었다.

문 너머로 기억에 남는 얼굴이 보였다.

최 검사.

지나가듯 듣기로 최 검사로 들었다.

검사가 여길 왜……?

"잠깐 들어가도 될까?"

최 검사가 손짓으로 안쪽을 가리키며 물었다.

"제가 주인이 아니라. 잠시 집을 지키고 있는 중입니다."

"그래?"

그는 신발을 벗고, 여유롭게 안으로 들어섰다.

"누군지는 모르지만, 그 주인 좀 기다리지 뭐 그럼."

"여긴 어떻게……."

정우가 그의 등을 향해 따라가면서 물었다.

"뒤를 밟았지."

그는 미행했다는 사실을 아무렇지 않게 밝혔다.

거리낄 게 없다는 듯이.

너무도 당연하게.

"평소랑 달리 꽤 흥분해 있던데. 여기서 중요한 약속이라도 있었나?"

"누굴 좀 만나기로 해서요."

"누구?"

최 검사가 거실 소파 앞에서 정우를 돌아보며 미소 지었다.

"말해야 합니까?"

최 검사가 어깨를 으쓱였다.

"해주면 고맙지."

"이 빌라의 주인을 만나기로 했습니다."

최 검사는 고개를 끄덕이며 품 안에서 사탕 하나를 꺼내, 껍질을 벗기고 입에 넣었다.

"담배를 끊어서."

최 검사는 껍질을 주머니에 대충 집어넣으면서 윙크를 보냈다.

"무슨 일로 오신 겁니까?"

"박기영이 어디 있는지 알고 있지?"

"……."

정우는 잠깐동안 대답하지 못했다.

잠깐의 정적 뒤에, 입을 열었다.

"모릅니다."

"그렇게 반응이 느리면 오해를 사잖아."

"담당 사건이십니까?"

최 검사가 사탕을 쭉쭉 빨면서 고개를 끄덕였다.

"그렇게 됐어."

"이렇게 단독으로 절 찾아오신 이유는요?"

"뭐 협상이랄까."

최 검사가 소파에 늘어지게 앉았다.

"뭘 원하시는지는 모르겠지만, 저한테 물어보실 게 있으시면 말씀하시죠."

"친구를 잃은 건 나도 안타깝게 생각한다. 진심이야."

"……."

"내가 바라는 건 단 하나. 방해하지 마라. 개인적인 감정으로 수사에 영향을 끼치지 말란 얘기야."

"그런 얘기라면 전화로 하셔도 됐을 텐데요."

"말을 들어 처먹을 것 같지가 않아서 그래. 지금의 네 표정도 그렇고. 해서 설득하러 온 거지."

"그러죠."

"상대가 누구든. 그게 살인마든 뭐든. 살인은 정당화 될 수 없다. 복수심으로 네 인생을 망칠 수는 없는 일이야. 네가 사람을 해치면, 모두가 불행해진다. 너도, 네 부모님도. 모두의 미래도. 그러니 심판대로 넘겨. 심판은 네가 하는 게 아니야. 법이 하는 거다."

"증거 있으십니까?"

최 검사는 앞머리를 쓸어 올리며 얼굴을 구겼다.

"없으면?"

최 검사가 정우를 날카롭게 직시했다.

"정말 찾아서 죽이기라도 하겠다는 거야?"

"그 정도로 단순한 바보는 아닙니다."

"근데 왜 이렇게 네가 비밀스러운 장소에 있을까? 얘기해봐. 네가 이런 곳에 있는. 진짜 이유."

"얘기해도 믿지 못하실 겁니다."

최 검사는 짧게 코웃음 쳤다.

"어디 들어나 보자."

최 검사가 사탕을 콰득 씹었다.

"제게 사고가 있었던 거. 혹시 기억하십니까?"

최 검사는 고개를 끄덕였다.

"기억상실증이라며?"

"사고 이후, 사망자와 제가 몸이 바뀌었답니다."

최 검사는 정우를 빤히 쳐다봤다.

"친구 잃고 벌써 머리가 어떻게 됐어? 후유증이야?"

"못 믿을 거라고 말씀……."

"이 새끼가."

최 검사가 주머니에 손을 넣으며 일어났다.

그는 피식 웃으며 고개를 끄덕였다.

"계속해봐 어디."

"정말 제가 머리가 어떻게 된 걸지도 모르죠."

정우가 먹구름이 낀 듯 흐린 눈으로 초점 없이 말했다.

최 검사는 길게 한숨 쉬었다.

"얘기하기 싫으면 그냥 하기 싫다고 해 인마. 무슨 그런……."

최 검사가 손을 내저었다.

"됐고. 좀 둘러봐도 되지?"

"영장 없이는 안 됩니다."

"좆 까."

최 검사가 빌라 내부를 둘러보기 위해 막무가내로 움직이기 시작했다.

정우는 어금니를 깨물었다.

지하로 가는 비밀문을 발견하면 끝장이다.

정우는 마른침을 삼키며 그를 뒤따랐다.

"오리 새끼마냥 졸졸 따라다니는 걸 보니. 뭐가 있긴 있는 모양인데 그래."

빌라에는 두 개의 방이 있다.

거실을 지나 짧은 복도 앞에 바로 보이는 방 하나.

그리고 그 옆의 작은 방.

비밀문은 작은 방의 카펫 아래에 숨겨져 있다.

최 검사는 먼저 복도 앞의 방문을 먼저 열었다.

그는 안으로 들어가 꼼꼼히 살폈다.

커튼을 친 뒤, 장롱을 열어 구석구석을 손을 써서 수색한 뒤, 싱글 침대 밑까지 확인 했다.

정우는 가슴 속이 따끔 거렸다.

작은 방 서랍 안에 피 묻은 셔츠를 넣어 두었다.

놓칠 리가 없다.

뭐라고 대답해야 하지?

긴장감이 가속되어 불안감이 가슴 속에 파문처럼 번졌다.

최 검사가 방을 확인하고, 작은 방으로 향했다.

그는 작은 방에 들어가자마자 서랍을 열었다.

최 검사가 첫 번째 서랍을 열자마자 피묻은 셔츠를 발견했다.

"이것 봐라?"

그는 정우를 돌아보며 셔츠를 들어 보였다.

"이건 뭐니? 설마 벌써 일 치른 건 아니겠지?"

"제 것 아닙니다."

"너 내가 바보로 보여?"

"잘못 짚으셨어요."

"DNA 검사 할 건데 괜찮지?"

"절차 없는 압수는 불법입니다."

"그래도 가져가겠다면?"

"막아야죠."

"어떻게?"

정우가 가라앉은 눈으로 그를 노려보았다.

"힘으로."

최 검사가 히쭉 웃었다.

"돌겠네 정말."

그는 책상 위로 셔츠를 던져두고, 수색을 다시 시작했
다.

최 검사가 카펫을 밟고 지나가 창문을 열었다.

바깥을 잠시 살핀 후, 입맛을 다셨다.

최 검사가 카펫 위에서 팔짱을 끼고 정우를 노려보았다.

"박기영이 어딨어?"

정우는 한숨을 쉬며 거실로 나갔다.

정우를 뒤따라 나가려던 최 검사는 발밑에서 쿵쿵 거리
는 진동을 느꼈다.

최 검사는 미간을 찌푸렸다.

분명히 약하지만 진동을 느꼈다.

마치 누군가가 두드리는 듯한.

최 검사가 카펫으로 손을 뻗을 때, 정우가 그의 옷깃을 잡아 당겼다.

"작작 하고 당장 나가."

최 검사가 눈을 날카롭게 떴다.

"박기영은 내 담당 사건이다. 수사권은 나한테 있어."

"영장 가져와."

"이럴수록 점점 의심되잖아 이정우."

"절차 밟아라."

"어린놈의 새끼가 반말은."

최 검사가 정우의 손목을 쳐냈다.

발로 카펫을 걷어 냈다.

비밀문이 드러났다.

"이건 또 뭘까요."

최 검사가 비밀문을 내려다보며 웃었다.

"박기영이 여기 밑에 있지?"

"잘려나가기 싫으면 이쯤 해. 당신이 관여할만한 일이 아니야."

최 검사가 헛웃음을 흘렸다.

"이건 또 무슨 자신감일까."

정우는 방을 나갔다.

최 검사가 무릎을 꿇고 바닥에 있는 비밀문에 귀를 가져다 댔다.

주먹으로 바닥을 쿵쿵 때려 보았다.

"거기 있어? 있으면 대답 좀 해봐?"

최 검사가 큰 소리로 말했다.

반응은 없었다.

철문으로 되어 있어 웬만한 도구로는 문을 열 수가 없을 듯 했다.

최 검사는 한숨을 쉬며 일어나 정우가 나간 거실 방향을 바라보았다.

계장에게 전화를 연결했다.

– 예 검사님.

"영장 청구할 거야. 준비 해놓고, 경찰들 내가 보낸 주소로 보내서 이정우 잡아 둬."

– 대체 무슨 일이……. 박기영 건이에요?

"확실한 건 아니지만. 미끼가 크긴 크다. 시간 없어. 움직여."

– 예 검사님.

최 검사는 전화를 끊고, 서둘러 거실로 나갔다.

정우는 소파에 앉아 통유리 너머의 마당을 조용히 보고 있었다.

"분위기가 어째 좀 으스스하다. 날 어떻게 할 생각은 아니지? 효자로 보였는데. 범죄 은폐를 위해서, 뭐 연쇄 살인을 계획한다거나."

최 검사가 웃으며 말을 이었다.

"그렇게 조용히 앉아 있으니까 무섭잖아 인마."

정우는 깊은 생각에 잠긴 눈으로, 마당 위로 보이는 어두운 산등성이를 바라보았다.

제 9 화

욕망

I

"그게 무슨 개떡같은 소리야!"

최 검사는 휴대폰에 대고 소리를 바락바락 질렀다.

– 죄송합니다. 위에서 내려온 지시라.

"지시는 개뿔!"

최 검사는 전화를 끄고 휴대폰을 집어 던지려다 아랫입
술을 깨물었다.

"너냐?"

최 검사가 정우를 노려보았다.

정우가 소파에서 일어나 현관 쪽으로 고개짓을 했다.

"그만 나가주시죠."

"누구를 구워삶은 거야. 현기 그룹?"

정우는 대답 없이 최 검사를 응시했다.

최 검사는 주먹 쥔 손을 떨었다.

상부에서 수사를 막고 있다.

손발이 완전히 묶여 버렸다.

목 안에서 욕지기가 튀어 나왔다.

"샹, 민 대표 때도 그러더니, 아주 시리즈로 미쳐가는구
나."

"더 이상은 시간 낭비가 되실 겁니다. 그만 나가세요."

"이대로 끝날 거라고 생각하지 마라. 절대로. 언젠가.
언젠가 내가 너 막는다."

최 검사가 약이 바짝 오른 얼굴로 말했다.

정우는 마치 비어버린 듯한 눈으로 최 검사를 보았다.

최 검사는 어금니를 빠득 깨물며 밖으로 나가 현관문을
거칠게 닫았다.

◇◇◇

정우는 유리창 밖, 산 풍경을 보다가 시간을 확인했다.

밤 11시.

현기 그룹 회장에게 지하에서 찍었던 박기영의 사진을 보냈다. 그와 함께 박기영 사건 수사를 막아달라고 요청했고, 긍정적인 피드백은 빨랐다.

약속 시간이 가까워졌다.

이제 슬슬 움직여야 할 때였다.

정우는 출입문과 창문을 모두 잠그고 커튼을 쳤다.

작은방으로 돌아와 비밀문을 열어, 계단을 타고 아래로 내려갔다.

지하2층 문을 열고 안으로 들어가자 박기영은 정우를 보고 흠칫 몸을 떨었다.

박기영은 아마도 자신의 위치를 알리기 위해서 의자에 앉아 온 힘을 다해 몸을 흔든 것 같았다.

최 검사가 그 진동을 느꼈을 테고.

정우가 망치를 들자 박기영이 헛바람을 삼키며 공포에 떨었다.

이미 이성의 절반 쯤 날아간 듯이 보였다.

"좀 괜찮아?"

정우가 물었다.

박기영은 사시나무처럼 떨면서 고개를 돌렸다.

"이럴 생각은 아니었지만, 아무래도 좀 더 좋은 곳으로 가게 될 것 같다. 아니 확신할 수는 없지만. 아마도 그럴 거야."

정우가 망치를 휘둘러 박기영의 양쪽 손목을 부러트렸다.

박기영이 눈에 초점을 잃으며 목이 축 늘어졌다.

비명을 지를 힘도 없는지 가래 끓는 소리만 냈다.

정우는 수건에 물을 적셔 박기영의 몸에 묻은 피를 깨끗하게 닦아냈다.

피 묻은 수건을 욕조 속에 던져놓고, 가죽끈을 풀었다.

통증 때문인지 추위 때문인지 박기영은 쉼없이 몸을 덜덜 떨었다.

정우는 박기영을 어깨에 메고 지상으로 올라갔다.

그를 거실 소파에 던져놓고 수액팩은 스탠드 옷걸이 하나를 가져와 걸어 놓았다.

그 때.

쿵쿵!

현관문을 두드리는 소리가 났다.

정우는 걸음을 옮겨 현관문을 열었다.

"김 비서님."

정우가 그의 얼굴을 보며 말했다.

김 비서의 얼굴은 수척했다.

아무래도 주호의 일이 여파가 있는 것 같았다.

그의 뒤로 덩치가 좋은 2명의 남자가 있었다.

"괜찮니?"

김 비서가 물었다.

정우는 짧게 고개를 끄덕였다.

"놈은?"

김 비서가 물었다.

"거실에 있습니다."

정우는 그들이 지나갈 수 있도록 몸을 돌려 길을 터주었다.

김 비서는 함께 온 남자들과 함께 곧장 안으로 들어왔다.

그들은 거실에서 멈춰 섰다.

소파에 누워있는 박기영을 보고 모두 시선을 돌렸다.

박기영은 차마 두 눈을 뜨고 보고 있기가 힘들 정도로 처참한 모습이었다.

김 비서가 다소 충격에 빠진 얼굴로 정우를 돌아보았다.

"네가 한 거야?"

정우는 대답 없이 고개를 돌렸다.

"김 비서님 서둘러야 할 것 같습니다."

한 남자의 말에 김 비서가 고개를 끄덕였다.

"데리고 나가."

남자들이 혐오감에 얼굴을 살짝 구기며, 박기영을 데리고 신속히 빌라를 빠져 나갔다.

"다행히 늦지 않아 살아는 있구나. 네가 살인자가 되는
건 아닌지 걱정 했다. 나도. 회장님도."

정우는 먼눈으로 바닥을 쳐다보았다.

"너무 힘들어 하지 말고 맘 추슬러. 산 사람은 살아야
지."

김 비서가 정우의 어깨를 토닥였다.

"남은 얘기는 다음에 하자. 박기영은 우리가 깔끔하게
처리할 거니까 그렇게 알고 있고."

"예."

정우가 쉰 목소리로 대답했다.

김 비서가 나간 뒤, 비어버린 빌라의 공간이 커다랗게
다가왔다.

정우는 붉어진 눈으로 힘없이 걸어 소파에 앉았다.

소파에 몸을 깊숙이 묻고 양 손으로 얼굴을 쓸어 만졌
다.

◇◇◇

최 검사는 나무 사이에서, 빌라를 주시하며 추위에 떨었
다.

산 절반을 내려간 다음 다시 올라와 자리를 잡았다.

여름이라고는 해도 밤이 찾아온 산은 서늘함을 넘어 쌀쌀했다.

땀이 식자 몸에 닭살이 올랐다.

최 검사는 팔을 문지르며 빌라를 집중해서 지켜보았다.

분명 뭔가가 있어.

하루를 꼬박 새는 한이 있더라도 절대 이정우의 비밀을 놓치지 않을 생각이었다.

피로감에 반쯤 감기는 눈을 슥슥 문질렀다.

여름이라 반팔로 온 탓에 사방에서 모기가 피를 빨기 위해 바늘을 꼽아 댔다.

망할 모기들.

손으로 몇 번 모기를 내쫓다가 이내 포기했다.

시간이 얼마나 지났을까.

긴 시간은 아니었다.

누군가의 발소리가 들렸다.

처음에는 동물인가 싶었지만, 불빛을 보고 나서 최 검사는 사람이라는 것을 확신했다.

최 검사는 자신의 위치가 발각되지 않기 위해, 소리나지 않게 몸을 낮추어 천천히 바닥에 엎드렸다.

저벅저벅.

발자국 소리가 점점 가깝게 들려왔다.

세 명의 남자들이 모두 소형 랜턴을 들고 있었다.

대체 누구지?

최 검사는 긴장감에 침을 꿀꺽 삼키며, 그들을 주시했다.

꽤 오랫동안 대기를 탈 것 같았는데, 이런 순간이 이렇게 빠르게 찾아올 거라고는 예상하지 못했다.

험한 산길을 타고 올라온 그들은, 빌라 입구로 거침없이 걸어가 초인종을 눌렀다.

문이 열렸고, 잠깐의 대화 후, 그들은 안으로 들어갔다.

어쩌지?

최 검사는 고민했다.

빌라 쪽으로 다가가 놈들이 무슨 짓을 하는지 엿볼까 아니면 여기서 기다릴까.

혹시 모를 기회를 놓칠 수는 없지.

최 검사는 몸을 일으켰다.

천천히 기어 나가 발소리를 죽이며 걸었다.

벽에 등을 붙여, 베란다 쪽으로 걸음을 옮겼다.

최 검사는 베란다 너머 빌라 내부를 슬쩍 엿보았다.

정우와 세 명의 남자.

그 사이로 참혹한 모습의 남자가 있었다.

죽은 건가?

시체처럼 보였다.

심각할 정도로 몸이 상해있는 모습이었다.

박기영?

최 검사의 눈이 커졌다.

세 명의 남자가 박기영을 데리고 움직였다.

최 검사는 서둘러 다시 산 속으로 뛰어 들어갔다.

세 명이 박기영을 데리고 나갔다.

정우는 빌라에 남은 것 같았다.

최 검사는 숨을 삼키며, 박기영을 데리고 간 세 명의 일당을 뒤쫓았다.

기억에 남는 숫자가 있다.

2, 4, 7, 5.

한강 공원에서 런닝을 하다가 멜로디 음악을 들었던 순간 빈혈과 함께 찾아온 숫자.

그 숫자가 비밀번호일까?

정우는 확인해보기 위해 지하 1층으로 내려갔다.

철문 앞은 비밀번호를 입력할 수 있는 스마트 시스템이 있었다.

지문으로 꿈에서 본 숫자를 클릭한 뒤, 확인을 눌렀다.

철컹!

자물쇠가 열리는 소리가 났다.

정우는 문을 열어, 조심스레 안으로 들어갔다.

스위치를 눌러 불을 키자, 200평은 되어 보일 법한 공간이 보였다.

정우는 벽을 만져 보았다.

이 비밀 공간의 모든 벽면은 은행 금고에서나 쓰일법한 재질로 되어 있었다.

그리고 그 내부의 넓은 공간은 모두 서류로 가득 채워져 있었다.

책장에 A부터 Z까지 디테일하게 분류가 나뉘어 있다.

파일을 살펴 보려던 정우는 책장 너머 오른편 벽 끝에 2개의 연결된 큰 문이 있는 걸 보고 걸음을 멈췄다.

또 하나의 문?

정우는 그 곳으로 걸어가 문고리를 잡았다.

잠금장치는 없었다.

양쪽 문이 열리면서 두 눈의 시야에 들어온 광경.

그 광경에 정우는 충격에 빠진 얼굴이 됐다.

수를 가늠하기 조차 힘든 5만 원 짜리 지폐 다발이 8평을 가득 채울 만큼 쌓여 있었고, 양 옆의 선반 위에는 다이아와 금 등 각양각색의 보석들이 줄을 서 있었다.

내 성격이 어땠는지 감이 오는 군.

그 순간.

불편한 감각이 바늘처럼 온 몸을 찔러왔다.

파노라마처럼 머릿속에 그림이 스쳐 지나갔다.

경고.

감각이 경고를 보내고 있다.

이런 거대한 정보와 돈이라면.

사람의 마음엔 핵이 생긴다.

거부할 수 없는 블랙홀.

정우는 마른침을 삼켰다.

가장 가까운 곳에서부터 내용을 읽어 나갔다.

이 비밀 공간에는 세계 각국의 기밀들이 들어 있었다.

감당하기 힘들 정도로 중요한 서류들이 빼곡하게 늘어서 있다.

내국에 대한 자료.

그 자료들 중 단 하나라도 세상 밖으로 나간다면, 해당 사건에 연루된 자들은 치명상을 피할 수 없을 정도로 중요한 문서들이었다.

정우가 자료를 찾던 중간.

전화가 걸려왔다.

유지한의 전화였다.

정우는 긴장감을 삼키며 전화를 받았다.

– 찾아온 사람은 어떻게 됐어?

"문제없이 처리 했으니까 신경 쓸 것 없어."

– 지하 1층 비밀 번호는 기억나?

"그렇지 않아도 자료들 보고 있는 중이었어."

– 다행이다. 정말 다행이야. 비밀번호를 기억할 거라고는 정말 기대하지 않았었는데. 테러리스트들에 대한 정보도 찾을 수 있겠어. 호출 온다. 다시 연락할게.

"그래."

정우는 전화를 끊고 시계를 확인했다.

유지한에 대한 정보를 찾아보기 위해 알파벳 Y 코너로 가서 서류를 뒤적였다.

자료가 너무 많은 탓에 유지한에 대한 정보를 찾는 건 쉬운 게 아니었다.

5분 정도가 지났을 때, 서류를 분류해 놓은 스타일을 알 수 있게 되었고 그 방법으로 유지한 개인 정보를 찾을 수 있었다.

유지한 파일을 꺼내 중앙부근 벽에 테이블로 걸어가 파일을 펼쳤다.

내용을 확인한 정우의 동공이 커졌다.

이중첩자!

정우가 고개를 들었을 때.

철컥–

유지한이 해머를 당겨내린 권총을 정우에게 겨누며 나

타났다.

그는 비웃음을 던졌다.

"잘은 모르지만 로또라는 게 아마 이런 기분이려나? 공직에 있다 보니까 공돈이라는 게 쉽게 만질 수 있는 게 아닌 거거든. 특히나 우리같은 부류에겐. 근데 이런 천문학적인 가치가 내 눈 앞에 있다는 게 보고도 믿겨지지가 않아."

그는 마치 구름위에 떠 있는 듯, 전에 보지 못한 흥분되어 있는 얼굴이었다.

"이현은?"

정우가 물었다.

"이렇게 타이밍이 정확하게 맞는다는 건. 하늘이 날 돕는다는 뜻이겠지. 신의 가호가 우리의 뜻을 지켜주고 있는 거야."

"우리?"

"이현이 어떻게 됐는지 궁금하지 않아?"

그는 쾌감이 번지는 거만한 표정을 지으며 말을 돌렸다.

"빌라에서 약 15km 떨어진 산 중턱에서. 작별 인사를 했지."

정우의 눈이 냉랭하게 얼어붙었다.

"그래 그 눈. 이현. 내가 알고 있는 진짜 이현의 눈이지 그게."

"죽었나?"

정우가 물었다.

"네 껍데기를 뒤집어쓰고선, 의아한 얼굴로 주변을 두리번거리면서 어디로 가시는 거예요? 저희 집에 들려서 엄마 아빠랑 공항으로 가는 거 아니었어요?"

유지한이 코웃음 소리를 냈다.

"정말 얼마나 언밸런스 하던지. 웃음 참느라 혼났다 아주. 그간 그 꼴이 그동안 재밌는 구경거리긴 했는데, 시간이 없으니까. 아쉽지만 일찍 보낼 수밖에. 내가 좀 바빠."

정우의 눈이 검게 일렁였다.

"더 친절하게 설명을 해줘? 도로에 차를 정차시키고, 시동을 끄고. 이현의 목에 칼을 찔러 넣었어. 깊숙이 들어간 칼날이 동맥을 끊어냈지. 그 정도면 고통 없이 간 거야. 그러니까 너무 상심하진 마. 어차피 껍데기가 죽은 거지 네가 죽은 게 아니잖아?"

"언제부터냐?"

유지한의 표정이 살짝 풀어졌다.

"글쎄. 언제부터였으려나."

유지한이 고개를 갸웃 거렸다.

"잘 기억이 안 나네. 아니 별로 기억하고 싶지가 않은 걸지도. 그런 얘기 말고 네가 궁금해 할만한 얘기를 해줄게. 처리는 어떻게 했냐면. 피를 질질 흘리면서 엄마 보러 가고 싶다고 찡찡 거리는 그 얼빠진 새끼, 손에 지문을 지운 내 나이프를 쥐어줬어. 버둥거리다가 그 얼굴로 두려움에 질려선 눈뜨고 죽어갔지. 난 그 길로 바로 여기로 온 거고."

유지한이 고개를 숙이며 웃었다.

"진짜 난 이렇게 일이 쉽게 풀릴 거라고는 생각 못했다. 천하의 이현이 기억을 잃으니까. 이렇게 빈틈이 많아진다니."

"난 이런 정보와 돈에는 관심이 없는데. 조용히 가지는 건 어떻게 생각해?"

유지한이 미간을 찡그렸다.

"넌 내가 그렇게 돌대가리로 보여?"

유지한이 피식 웃었다.

"게다가 넌 지금 내 비밀을 알았잖아."

그의 눈에서 붉은 살의가 피어올랐다.

"그런 건 말이야. 갓난 애기가 봐도, 살아있어선 안 되는. 그런 내용이라고."

유지한의 눈은 마치 괴물 같았다.

욕망에 삼켜진 괴물.

정우는 주변을 훑었다.

피할 수 있는 거리가 아니다.

움직이는 순간 탄환이 머리를 터트릴 것이다.

유지한이 고개를 갸웃 거리며 웃었다.

"상당히 희망적이네. 기회를 다 찾으시고."

유지한은 웃으며 고개를 끄덕였다.

"그래 한 번 기도해봐. 혹시 알아? 신의 가호가 함께할 지."

유지한이 방아쇠를 당겼다.

철컥─

불발!

정우와 유지한의 눈이 마주쳤다.

유지한의 얼굴이 일그러졌다.

그가 즉시 탄창을 제거하고 노리쇠를 당겨 탄피를 꺼냈 다.

찢어진 탄피 조각이 바닥 아래로 떨어져 내렸다.

유지한이 권총을 재장전 하기 전에, 이미 정우의 몸은 유지한의 앞으로 도착해 있었다.

정우가 왼 손으로 유지한이 손에 든 총열을 잡아 꺾으면 서, 오른쪽 팔꿈치를 머리를 향해 휘둘렀다.

유지한은 탄창을 쥔 팔로 정우의 공격을 막았다.

공격을 막자마자 유지한이 팔꿈치로 정우의 턱을 올려 치기 위해 휘둘렀다.

정우는 고개를 뒤로 젖혀 팔꿈치를 피하면서 총열을 잡 은 채로 유지한의 복부를 밀어 찼다.

뒤로 밀려나는 유지한이 총을 잡고 중심을 잡아 버렸다.

정우가 유지한의 손목을 잡아 꺾음과 동시에 손목을 쳐 냈다.

유지한이 총을 놓았다.

총이 바닥이 떨어질 때, 정우는 손목을 친 손등으로 그의 턱을 후려쳤다.

턱을 맞고 뒤로 밀려난 유지한이 침을 툭 뱉으며, 탄창을 품에 넣고 허리 중심을 낮춰 자세를 잡고 가드를 올렸다.

"말이 씨가 된다더니."

유지한이 쓴웃음을 지었다.

"탄피를 재활용하는 거지근성으로 이 큰 보물을 삼킬 수나 있겠어?"

자극이 통한 것일까.

유지한의 얼굴에 불쾌감이 번졌다.

총기 불발은 방아쇠를 당겼을 때, 공이가 탄약의 뇌관을 때렸지만 뇌관, 혹은 화약이 격발 불능으로 탄두가 총열을 따라 추진하지 못하는 경우다.

그러나 지금처럼 탄피가 분리된 경우는 탄피의 잦은 사용으로 인해 탄피의 벽면이 약해진 탓에 탄피가 찢어진 듯 조각난 것이다.

피할 수 있는 공간, 거리가 아니었다.

만약 정상적인 탄환이었다면, 유지한 같은 프로 앞에선 결코 죽음을 피할 수 없었을 것이다.

"운이 좋았다고는 해도 네가 이 자리에서 죽는 건 변함이 없어. 기억을 잃은 네가, 내게서 살아남는다는 건 기적 같은 일일 테니까.

유지한이 딱딱하게 굳은 얼굴로 덤벼들었다.

정면으로 잽을 뻗어 왔다.

얼굴을 뒤로 젖혀 주먹을 피할 때, 유지한이 멱살을 잡았다.

잠시 착각했다.

MMA 경기 룰이 아니라 실전 싸움이라는 걸.

경각심에 긴장감이 치솟았다.

유지한이 멱살을 당기며 손가락을 일자세로 세워 목을 향해 찔러왔다.

살인을 목적으로 한 살인 무술.

정우는 유지한의 손을 쳐내고 눈을 향해 주먹을 내질렀다.

가볍게 고개를 틀어 피한 뒤, 즉각적인 반격.

완전한 프로다.

지금까지 보아온 사람들과는 차원이 다르다.

목숨을 걸었기 때문일까.

쉴 틈 없는 몇 번의 공격과 수비로 벌써 서로 숨이 거칠어졌다.

숨소리를 주고받으며 서로의 공격이 서로에게 막히며 섞여 들었다.

유지한이 주먹 쥔 손으로 중지를 앞으로 뾰족하게 세워 공격할 때.

정우는 틈을 발견했다.

주먹을 피하며 안쪽으로 파고들어 복부에 주먹을 때려 넣었다.

유지한이 이를 악물며 고개를 숙이고 있는 정우의 목에 팔을 휘감았다.

숨이 콱 막혔다.

정우는 산소공급이 막혀, 순식간에 머릿속이 어지러워지는 걸 느꼈다.

몸통을 잡아 책상 쪽으로 밀어 붙였다.

유지한의 허리가 책상 모서리에 찍혔다.

그는 통증을 참으며 버텼다.

정우는 주먹으로 유지한의 낭심을 올려쳤다.

팔이 느슨하게 풀렸다.

정우는 그의 가슴팍을 밀며 뒤로 물러나 목을 매만지며 숨을 내쉬었다.

유지한이 고통으로 일그러진 얼굴로 자세를 잡았다.

힘겨워 보였다.

급소를 공격당하면 정신이 산만해진다.

기다릴 것 없다.

체력이라면 이쪽도 지지 않는다.

유리함을 놓치지 않기 위해 정우가 지체하지 않고 그에게 뛰어 들었다.

주먹을 반쯤 뻗었다가 회수하고, 로우킥을 때렸다.

유지한이 다리를 들어 가볍게 로우킥을 방어했다.

페이크에 속지 않는 노련함.

유지한은 고도의 집중력을 내보였다.

정우가 다리를 회수할 때 그가 관자놀이를 향해 팔꿈치를 휘둘렀다.

정우는 양팔로 팔꿈치 공격을 막았다.

비어있는 옆구리로 유지한의 주먹이 들어왔다.

정우는 팔꿈치로 주먹을 쳐내고 검지와 중지 손가락 두 개를 세워 유지한의 눈을 향해 찔렀다.

유지한이 얼굴을 틀면서 손톱이 뺨을 스쳤다.

그의 뺨에 한 줄기 핏자국이 남았다.

유지한이 뒷걸음치며 혀로 뺨 안쪽을 밀며 웃었다.

정우는 그와의 거리를 경계하며 스웨터 소매를 바짝 걷었다.

"제법인데. 기억을 잃고도 그 정도라니."

유지한이 숨을 천천히 길게 내뱉으며 허리춤으로 손을

244

가져갔다.

그는 허리 뒤쪽에서 반달에 가깝게 구부러진 모양의 나이프를 꺼내다.

인도네시에아에서 전통적으로 쓰는 카람빗이다.

"궁금한 게 있는데."

정우의 말에 유지한이 눈을 살짝 치켜떴다.

"어렸을 적부터 너와 난 친구였나?"

정우가 물었다.

유지한이 입가에 비웃음을 걸었다.

"그랬지."

"친구였던 날 죽이려는 이유가 이 비밀 자료와 돈이 전부인지 묻고 싶은 거다."

"물론."

유지한은 망설임 없이 대답했다.

"정말 그 이유 뿐이라면…"

정우의 눈이 검게 가라앉았다.

"미련 없이 보낼 수 있을 것 같다."

유지한이 코웃음을 쳤다.

"잠시 놀아준 것뿐이야. 겉멋 부릴 상황이 아니라고 이 친구야."

유지한이 자세를 낮춘 체로, 거리를 좁혀 왔다.

횡으로 빠르게 나이프를 휘둘렀다.

정우는 목을 뒤로 빼면서 나이프를 피해냈다.

휙 하고 공기를 찢어내는 소리가 섬뜩하게 들려 왔다.

유지한은 쉬지 않고 몸을 좌우로 움직였고 다리 역시 쉬는 법이 없었다.

그의 눈은 기회를 살폈다.

정우는 마음을 독하게 먹었다.

유지한은 가슴 안에 살인을 품었다.

그런 자를 막겠다는 일념으로 싸우면 필패, 아니 필사다.

죽이겠다는 마음.

그 마음이 아니면 이길 수 없다.

살아남을 수 없다.

살인.

그 무거운 두 글자가 정우의 뇌리에 각인 되었다.

유지한이 거리를 좁혔다.

아랫배를 향해 날카롭게 카람빗을 휘둘러 왔다.

허리를 뒤로 빼 휘두르는 칼날을 피했다.

카람빗은 거기서 멈추지 않고 목으로 빠르게 날아왔다.

정우가 무기를 잡고 있는 유지한의 손목을 잡았을 때, 유지한이 구두 끝으로 정강이를 찍어 찼다.

정우는 통증을 참으며 유지한의 손목을 살짝 당기며 무릎으로 갈비뼈를 때렸다.

유지한의 입에서 작은 신음 소리가 흘러 나왔다.

그의 비어있는 손이 허리춤으로 들어갔다.

유지한은 비어있던 왼 손으로 허리 뒤춤에서 숨겨놓았던 두 번째 카람빗을 꺼내 휘둘렀다.

정우는 반사적으로 얼굴을 뒤로 당겼다.

카람빗 칼날이 정우의 앞머리를 스쳐 지나갔다.

아찔함이 등을 훑었다.

잘려나간 머리카락이 공중에 흩날려 떨어져 내렸다.

정우는 뒤로 빠르게 물러나 책상 뒤에 놓인 알루미늄 의자를 들어 달려오는 유지한에게 휘둘렀다.

유지한이 팔을 들어 의자를 막았다.

묵직한 소리가 울리면서, 유지한의 표정이 뒤틀렸다.

정우가 의자를 당겨 다시 휘두르려 할 때, 유지한이 거리를 벌이며 물러났다.

정우는 그대로 의자를 집어 던졌다.

유지한은 가볍게 의자를 쳐냈다.

의자는 벽을 맞고 힘없이 나동그라졌다.

정우는 무기로 쓸 만한 것이 있는지 확인해보기 위해 책상 서랍을 열었다.

유지한은 기다리지 않고 양 손에 카람빗을 들고, 달려들었다.

공격을 함부로 하기가 쉽지 않다.

손에 무기를 들었기 때문이다.

주먹을 뻗는 즉시 손목이 잘려 나갈 수 있다.

때문에 행동에 제약이 걸릴 수밖에 없다.

짧으면서도 힘이 있는 공격이어야만 한다.

정우는 서랍 안에서 멀티탭을 꺼냈다.

휘둘러오는 카람빗 칼날을 멀티탭으로 쳐내고, 유지한
의 머리를 횡으로 쳐냈다.

멀티탭이 깨지면서 조각이 떨어져 내렸다.

콘센트 전선을 잡아 멀티탭을 던졌다.

멀티탭이 날아가 유지한의 한 쪽 다리를 휘감았다.

정우는 곧장 전선을 당겼다.

유지한이 중심을 잃고 바닥에 쓰러졌다.

정우는 서랍을 하나씩 빼서 유지한에게 집어 던졌다.

유지한이 몸을 구부리며 일어나 카람빗으로 선을 잘라
내고, 정우에게 악에 받친 얼굴로 달려들었다.

바람을 가르는 소리가 연이어 들렸다.

정우는 유지한의 공격을 피하면서 체력이 빠지기를 기
다렸다.

유지한의 숨이 거칠어졌을 때.

공격을 멈추려는 때, 정우는 그 틈을 놓치지 않고 반격
에 들어갔다.

주먹을 던지다 뺐다.

미끼를 던진 거다.

다시 공격해 오는 걸 바랬지만, 유지한은 뒤로 몸을 뺐다.

체력을 체크하고 있는 거다.

놈이 들고 있는 무기가 보통 껄끄러운 게 아니라서, 한부로 공격할 수가 없었다.

수비를 하면서 공격할 수 있는 빈틈을 찾는 게 가장 이상적이었다.

유지한은 숨을 내뱉으며 목을 좌우로 두둑 꺾어보였다.

정우는 그에게서 시선을 떼지 않으며 책상 위에 있는 자료파일을 쥐고 옆으로 달려갔다.

유지한이 곧장 뒤따라 뛰었다.

정우는 가까운 곳에서 파일 하나를 꺼내 손에 쥐고 있던 파일을 합쳐 둥글게 말아 쥐었다.

유지한이 카람빗을 직선으로 뻗어왔다.

카람빗은 갈고리형태로 되어 있다.

카람빗의 구부러져 있는 날이 정우의 목에 걸렸다.

정우는 손등으로 카람빗을 그으려는 유지한의 손을 쳐내고 연이어 휘둘러진 두 번째 카람빗을 손에 쥔 파일뭉치로 쳐냈다.

안쪽 허벅지를 차기 위해 휘두른 정우의 다리를 유지한

이 구두 밑창으로 막고 목을 향해 카람빗을 횡으로 휘둘렀다.

고개를 젖히자 카람빗이 목젖을 노렸던 칼날이 턱끝을 가늘게 스치고 지나갔다.

핏방울이 튀었다.

정우가 서류뭉치로 그의 턱을 올려치고 연이어 목젖에 주먹을 때려 넣었다.

"컥!"

침을 흘리며 숨이 막힌 듯 유지한이 뒷걸음질 쳤다.

손에 든 서류 뭉치를 던졌다.

팔로 얼굴을 막아 시야가 가려진 틈을 타, 허벅지에 로우킥을 때렸다.

제대로 들어갔다.

유지한의 허리 중심이 살짝 무너지면서 자세가 흐트러졌다.

기회.

정우의 눈이 번쩍였다.

정우는 왼손으로 그의 왼팔 손목을 잡아 당겨, 오른쪽 손바닥으로 팔꿈치를 밀어 올렸다.

우둑!

관절이 부러지는 소리가 나면서 유지한의 한쪽 팔이 기형적으로 꺾였다.

왼 손에 쥔 카람빗이 바닥으로 떨어져 내렸다.

유지한은 고통을 참고 정상적으로 남은 한 팔로 카람빗을 휘둘렀다.

정우가 고개를 급격히 틀었다.

칼날이 정우의 귓불을 살짝 베었다.

정우는 유지한의 오금을 밟고, 오른팔을 잡아 꺾은 뒤, 손날로 손목을 쳐서 마지막으로 들고 있는 카람빗을 떨어트렸다.

유지한이 주먹쥔 손등으로 정우의 입을 때렸다.

입술이 찢어졌다.

얼굴이 살짝 뒤로 튕겨져 나간 정우는 이를 악물며 발등으로 유지한의 복부를 걷어차고, 머리를 향해 하이킥을 날렸다.

유지한은 머리를 숙여 킥을 피한 뒤, 정우에게 파고들어 목을 움켜잡아 벽으로 밀어붙였다.

벽에 정우의 등이 붙었다.

붉은 얼굴로 목이 졸린 정우는 자신의 목을 조르고 있는 유지한의 손목을 잡아 옆으로 돌려 꺾었다.

정우는 그와 동시에 무릎으로 그의 낭심을 올려 쳤다.

이어 팔꿈치로 그의 관자놀이를 후려쳤다.

목이 돌아가면서 무릎을 꿇은 그의 등 뒤로 돌아가 팔을 감아 목을 졸랐다.

팔을 브이자 형태로 만들어 강하게 조였다.

약 5초간 버둥거리던 유지한의 눈이 스르륵 감겼다.

기절이다.

정우는 바닥에 엉덩이를 대고 주저앉아 거칠어진 숨을 몰아쉬었다.

정우는 잠깐 쉰 후, 몸을 일으켜 바닥에 떨어져 있는 카람빗 두 개를 회수했다.

유지한의 품 안에서 탄창을 꺼내 챙긴 후, 그를 등에 업었다.

비밀 공간을 나와 문을 잠그고 지상으로 올라왔다.

그를 거실 바닥에 눕히고, 손으로 얼굴에 흐르는 땀을 닦아냈다.

정우는 소파에 힘없이 앉아 미동 없이 누워있는 유지한을 쳐다보았다.

긴장을 해서인지 손가락 하나 까딱하는 것도 어려울 지경이었지만, 기절 시간을 장담할 수 없기 때문에 정우는 피로감을 무릅쓰고 다시 일어섰다.

테이프를 찾기 위해 집안을 뒤졌다.

곳곳을 뒤졌지만, 유지한이 움직일 수 없도록 몸을 묶을 만한 물건이 좀처럼 보이지가 않았다.

찾는 것을 포기하고 돌아섰을 때, 어느새 일어난 유지한이 도자기를 잡아 정우의 머리를 향해 휘둘렀다.

정우가 팔을 들어 막았다.

도자기 파편이 깨지면서 사방으로 흩어졌다.

정우는 굳은 얼굴로 주먹을 내질렀다.

유지한이 턱을 돌려 주먹을 흘려보내면서 제자리에 몸을 반 바퀴 회전 시켜, 정우의 몸 안 쪽으로 다가섰다.

유지한의 한 팔로 정우의 목을 휘감아 졸랐다.

정우는 팔꿈치로 그의 옆구리를 때린 다음, 관절이 부러진 쪽의 팔 손목을 잡아 돌렸다.

"아악!"

고통어린 짧은 비명이 터져 나왔다.

목을 조르던 팔이 풀렸다.

정우는 팔꿈치로 턱을 후려치고 복부에 주먹을 때려 넣었다.

앞머리를 잡아 얼굴을 후려갈기자 피가 확 터졌다.

안 쪽 허벅지를 밟은 뒤, 정우는 그의 목젖을 잡아 밀어붙였다.

유지한의 등이 와인진열대와 부딪쳤다.

유리창이 깨져나갔다.

진열되어있던 와인들이 우루루 떨어지면서 바닥이 와인으로 흘러 넘쳤다.

넘어져 있는 그의 얼굴에 주먹을 연달아 때려 넣었다.

입술이 찢어지고 코가 뭉개졌다.

정우는 권총을 꺼내, 빠르게 탄창을 끼워 넣었다.

철컥!

슬라이드를 당김과 동시에 유지한을 향해 권총을 겨누었다.

유지한은 희미하게 뜬 눈으로 정우를 올려다보며 가느다랗게 웃었다.

유지한은 고통으로 일그러진 얼굴로 정우를 보며 이를 꽈득 깨물었다.

그는 주변을 한 차례 둘러보곤 허탈한 웃음을 흘렸다.

"기억을 잃어도 변함이 없구나 그 실력은. 돌연변이 같은 새끼."

유지한은 자조적으로 웃었다.

정우는 대답 없이 그를 놓치지 않고 겨냥했다.

"아무리 몸이 바뀌었다고는 해도 넌 기억을 잃었어. 사람을 죽이는 건 그렇게 쉬운 일이 아니지."

유지한은 덜렁 거리는 자신의 왼 팔을 내려다보며 한숨을 쉬었다.

"지하 1층 문은……. 닫았겠지?"

유지한의 얼굴에서 아쉬움이 적나라하게 드러났다.

"그래. 미련이라는 게 원래 이렇게 무서운 거다."

그는 피로감이 역력한 얼굴로 고개를 끄덕여 보였다.

"왜 친구를 배반하냐고?"

유지한은 힘없이 웃었다.

"원래 진짜 괴물은 자기 자신 안에 있는 거거든. 네가 그랬던 것처럼."

정우의 눈썹이 꿈틀거렸다.

유지한은 피 섞인 기침을 하며 웃었다.

"정말 아무것도 모르는군."

정우는 뜨거운 눈길로 유지한을 노려보았다.

"무슨 말이냐고 물었다."

"난 널 잘 아니까. 어느 누구보다 가장 많이. 난 알아. 네가 얼마나 무서운 놈이고 냉정하고 잔인한 놈인지."

"너 같은 놈한테 들을 얘기는 아닌 것 같은데."

"넌 예전의 이현으로 돌아갈 수 없어. 모든 걸 잃어버리기 전. 너는 어린 아이처럼 순수하고 착한 녀석이었으니까. 마치 지금처럼."

유지한이 놀리듯이 웃었다.

정우가 권총을 고쳐 잡은 손에 힘을 주었다.

"살인. 사람을 죽이는 짓은 너에겐 어려운 일일 걸."

"정말 그럴 거라고 생각해? 아직 날 잘 모르는 것 같은데."

"지금처럼 시간을 질질 끌고 있는 것만 봐도 알 수 있는 거지 그런 건."

유지한이 느릿느릿 몸을 일으켰다.

정우가 유지한의 목을 발로 밟으며 권총으로 이마를 겨냥했다.

"움직이지 마라."

유지한이 피로 범벅된 얼굴로 웃었다.

"쏴. 날 죽여야 한다는 건 누구보다 네가 가장 잘 알고 있을 텐데. 이.정.우."

이정우라는 이름을 한 글자 한 글자가 귓속으로 기분 나쁘게 파고들어왔다.

방아쇠를 걸고 있는 정우의 손가락이 떨렸다.

정우의 손가락이 미세하지만 강렬하게 떨리는 그 순간.

"그만 멈춰라 이정우."

뒤에서 목소리가 들려왔다.

정우는 뒤로 물러나 벽에 등을 붙이며 소리가 난 곳으로 권총 총구를 돌렸다.

그곳엔 최 검사가 서 있었다.

온몸이 흙투성이와 상처로 엉망이 된 몰골로.

정우는 유지한과 최 검사를 번갈아 겨누며 마른침을 삼켰다.

"그 방아쇠를 당기면, 넌 돌이킬 수 없는 길로 들어가게 되는 거야."

유지한은 키득 거리며 웃었다.

"이정우가 아닌 이현이었다면, 지금쯤 당신이나 나나

256

시체가 돼서 바닥을 구르고 있을 텐데."

유지한이 넋이 나간 사람처럼 웃었다.

"이현은 누구고 넌 또 누구야?"

최 검사가 껌을 입 안에 넣어 씹으며 말했다.

"끼어들지 마십시오."

정우가 무거운 목소리로 말했다.

"싫다면? 나까지 죽일 거냐?"

최 검사가 정우를 똑바로 노려보며 물었다.

"뭐냐 넌?"

유지한이 창백하게 지친 얼굴로 최 검사를 보며 물었다.

"내가 누구냐고? 대한민국 검사다 이 새끼야. 그리고 어린 놈의 새끼가 어디서 반말이야."

유지한은 손으로 이마를 누르며 고개를 숙였다.

"하아……."

그는 한숨을 길게 내쉬며 웃었다.

전화벨이 울렸다.

유지한의 품속에서 울린 전화였다.

"잠깐 전화 좀 받아도 될까?"

유지한이 정우를 보며 물었다.

대답이 없는 정우를 보며 유지한은 피식 웃으며 휴대폰을 꺼냈다.

번호를 확인한 그는 코에서 주르륵 흐르는 피를 손등으로 닦아내며 전화를 받았다.

무슨 얘기를 들은 것일까.

유지한은 멍한 표정을 했다.

잠시 뒤 전화를 끊은 후, 유지한은 미소를 지었다.

"다 끝나버렸네."

"너 누구냐고 인마. 박기영 쪽이야?"

최 검사가 찡그린 얼굴로 물었다.

"어이 아저씨. 작작 좀 까불어. 그러다 죽어."

최 검사는 마른침을 삼켰다.

보통은 어떤 종류의 녀석들인지 알 수 있다.

수많은 범죄자들을 만나왔다.

살인을 밥 먹듯이 하는 놈들도 숱하게 봤다.

하지만 완전히 궤를 달리하는 분위기를 풍긴다.

"뭐하는 놈이냐 너?"

최 검사가 긴장을 삼키며 물었다.

유지한이 엷게 웃었다.

"나 이 녀석이랑 계산 좀 끝내야 할 게 있거든? 그러니까 아저씨는 잠시만 가만히 좀 있어. 오래 안 걸려."

유지한은 주방으로 걸어갔다.

정우는 권총으로 그를 겨누며 뒤따라 거리를 좁혔다.

유지한은 식칼을 꺼내 들었다.

그는 미련을 버린 눈이었다.

정우는 겨누고 있던 권총을 살짝 내려 그를 쳐다보았다.

유지한은 웃었다.

그 것은 텅 비어버린, 아무것도 남지 않은 것처럼 보였
다.

최 검사의 눈이 긴장으로 뻣뻣이 굳어 졌다.

"기억을 찾지 않는 게 좋을 거다. 이현."

유지한이 고개를 저으며 말을 이었다.

"아니 이정우."

유지한은 고개를 들어 숨을 커다랗게 들이 마쉬었다.

잠시 감았다가 눈을 다시 떴을 때, 그는 입가에 쓴웃음
을 지었다.

"내 말을 잊지 마. 과거는 과거일 뿐이다. 새로운 인생
이니까. 이건 그 새로운 삶을 살아가게 될, 너를 위한, 마
지막 선물이라고 생각해라."

유지한이 식칼을 목에 대고 그었다.

동맥이 터지면서 피가 쏟아져 나왔다.

정우는 손에 든 권총을 완전히 아래로 내렸다.

"이런 미친!"

최 검사가 얼굴을 일그러뜨렸다.

유지한은 입으로 피를 뿜으며 뒷걸음질 치다가 싱크대
에 등을 부딪치고, 바닥에 주저앉았다.

그는 죽어가면서 정우를 보았다.

모든 것이 비워지고 있는 그의 눈은 어두웠고 차가웠으며 지독히도 외로워 보였다.

정우는 먼눈으로 그를 바라보았다.

유지한의 눈이 초점을 잃었다.

최 검사는 정우를 노려보았다.

정우는 죽은 유지한을 오랫동안 응시하다가, 소파로 걸어가 앉았다.

"얼마나 걸릴 것 같습니까?"

정우가 지친 목소리로 물었다.

"10분 정도."

정우는 고개를 끄덕이며 긴 숨을 토해냈다.

베란다 유리창 너머 산 풍경을 바라보는 정우의 눈도 외로움으로 물들어져갔다.

제 10 화

추모

제 10 화
추모

I

경찰들이 현장을 조사한 뒤, 유지한의 시신을 구급차로
실어 날랐다.

경찰들이 정우를 경찰차에 태웠고, 최 검사는 뒷좌석에
서 정우와 함께 동행 했다.

"박기영은 법의 심판대에 서게 될 거다. 살인을 저질렀
으니까. 최소 무기징역을 피하긴 힘들 거다."

정우의 시선이 최 검사에게로 향했다.

"문제는 너야. 현기 그룹에 이 일을 알리자 회장은 네게
변호사를 붙였다."

"박기영을 고문한 게 너라면. 그리고 그 사실이 밝혀진 다면……."

최 검사는 짧게 혀를 찼다.

"네가 학생이라는 걸 아주 감사하게 생각해야 할 거다."

정우는 창밖의 스쳐지나가는 풍경을 보며 입가에 쓴 미소를 걸었다.

◇◇◇

정우는 일전에 만났던 변호사와 다시 만나게 되었다.

그는 사건의 유무와 관계없이 그 때처럼, 부드러운 미소를 얼굴에 걸고 있었다.

강할수록 부드러워진다는 게 이런 걸까.

정우는 자기 자신이 작아지는 걸 느꼈다.

주호와 관장님께 약속했었다.

그들을 지키겠다고.

그 약속을, 배반해버렸다.

"안색이 많이 안 좋네요."

"괜찮습니다."

"그럼…."

정우는 사건에 대해서 이야기했다.

"이정우씨."

정우가 말을 멈추고 그를 보았다.

"제게 숨기는 게 있어서는 안 됩니다."

그는 프로다.

눈빛만 봐도, 상대를 파악할 수 있는 프로.

하지만 사실을 이야기해도 되는 걸까.

모든 사실을 이야기할 수는 없다.

이야기에 꼬리를 물고 물어, 비밀 공간에 대해서 의문을
가질 테니까.

정우는 비밀공간에 대해 이야기했다.

그리고 처음부터 다시 말하기 시작했다.

지하로 내려가는 비밀 공간에 대해서 말했지만, 그 공간
안에 존재하는 정보 서류와 금품에 대해서는 말하지 않았
다. 의문이 생길 수도 있겠지만, 정우의 판단으로는 그 것
이 최선이었다.

또한 유지한과의 관계.

몸이 바뀐 것에 대한 것 역시 배제했다.

결국 크게 달라진 것은 없는 셈이었다.

"그렇군요."

얘기를 모두 전해들은 변호사는 잠시 생각하는 표정을
짓다가 고개를 끄덕였다.

"자료 준비하겠습니다. 그 때까지, 가급적이면 검사의 취조는 묵비권으로 일관하세요."

◇◇◇

"사건 사고가 끊임이 없구나 너는."

취조실.

최 검사가 경찰을 밖으로 물러내고, 사건 파일을 책상 위에 던지면서 정우를 보고 마주 앉았다.

"체육부장부터 시작해서 민 대표에 박기영. 그리고 신원이 없는 놈까지 껴있고."

최 검사는 입에서 껌을 꺼내 휴지에 싸서 휴지통에 버렸다.

"앞으로 너랑 얼마나 더 엮이게 될 지. 벌써부터 무서워질 지경이다."

아버지와 어머니에게 뭐라고 해야 할까.

정확히 말하자면, 자신의 진짜 부모는 아니지만 부모와 마찬가지라고 생각한다.

불효를 저지른 것만 같아, 목이 가시가 걸린 듯 답답했다.

많이 걱정하실 거다.

기대가 컸던 만큼 실망감도 클 것이다.

쿵!

최 검사가 손바닥으로 테이블을 내리쳤다.

"이정우!"

정우는 고개를 들어 최 검사를 보았다.

"내 얘기에 집중해. 현기 그룹은 더 이상은 널 막아줄 수 없어."

최 검사는 한숨을 삼키며 말을 이었다.

"길게 끌지 말자. 사건 현장에 나도 있었어."

"내가 너한테 궁금한 건 세 가지야. 박기영과 신원불명의 남자. 그리고 네가 들고 있던 권총."

최 검사가 얼굴을 굳혔다.

"박기영. 네가 그렇게 만든 거냐?"

최 검사가 단도직입적으로 물었다.

"고문 한 거야?"

어쩔 수 없이 거짓으로 얘기할 수밖에 없는 상황이었다.

인정하고 싶어도, 그렇게 되면 비밀 공간에 대한 조사가 이루어질 게 틀림없다.

그것만큼은 막아야 했다.

"묵비권을 행사하겠다 이거냐?"

"박기영을 데리고 있다는 연락을 받았습니다."

정우는 변호사와 맞춘 얘기를 시작했다.

"그 자살한, 신원불명? 그 놈한테?"

"네."

"그래서?"

"찾아갔습니다."

"그 산 속의 빌라?"

"네."

"유지한이 박기영을 너한테 넘겼다?"

"예."

최 검사는 웃었다.

"도와준 이유는 뭐고, 너와 유지한이 트러블이 생긴 이유는 뭐야 그럼?"

최 검사가 미간을 찡그렸다.

"내가 봤을 땐 확실히, 너랑 유지한이 아는 사이인 것 같던데."

"……."

"말 지어냈다간, 네가 네 목을 조르게 되는 거야. 진실. 펙트만을 얘기해."

정우는 대답하지 않았다.

최 검사는 넥타이를 풀어헤치면서 정우를 노려보았다.

"네 범죄 결과는 그렇게 크지 않을 거야. 아직 미성년자니까. 처벌 기준을 둘째고 판사님들이 미성년자에겐 형벌이 좀 박해."

최 검사는 이를 갈았다.

"하지만 내가 약속하는데. 네가 고등학교를 졸업하는 후로. 다시 나를 만나게 된다면."

최 검사가 차가운 눈으로 정우를 쏘아 보았다.

"장담컨대, 빛을 잃어버리게 될 거다."

최 검사는 거칠게 취조실 문을 닫고 나왔다.

복도를 지나 계단을 내려오던 최 검사는 계단을 뛰어올라오고 있는 경찰을 보고 눈살을 찌푸렸다.

안면이 있는 녀석이다.

그는 최 검사를 보고 뛰던 걸음을 멈추었다.

"뭘 그렇게 뛰어 다녀?"

"최 검사님."

그가 최 검사의 앞을 손으로 막으며 거친 숨을 몰아쉬었다.

"숨 쉬어 숨 쉬어."

"네, 잠시만 숨 좀 고르고요. 후우……."

그는 주변을 한 번 살펴 본 뒤, 그의 팔을 잡아 구석으로 끌어 당겼다.

"왜?"

최 검사가 신경질적으로 물었다.

"총장님이 찾으십니다."

최 검사는 한숨을 쉬었다.

"무슨 일인지 알아?"

후배는 고개를 저었다.

"전 모릅니다. 근데 좀 날카로워 보이셨어요."

"어디 계셔?"

"총장실에 계십니다."

"왜 전화를 안 하고……."

"전화기 꺼져 있다고 하시던데요?"

"아 밧데리. 암튼 알았다. 가봐."

최 검사는 힘 빠진 얼굴로 그의 어깨를 두드리며 검찰로 향했다.

총장실 문 앞에 선 최 검사는 연이어 한숨을 내뱉었다.

저 한심한 작자가 이번엔 또 무슨 말을 하려는 건지 벌써부터 걱정이 앞섰다.

노크를 한 후, 문을 열었다.

상당히 마른 중년인이 최 검사를 보고 책상에서 일어났다.

"앉지."

중년인이 소파를 가리켰다.

최 검사는 깍듯이 인사를 한 후, 소파에 앉으면서 생각했다.

내 언젠가 네 놈의 더러운 목을 잘라주마.

"바쁘니까 빨리 얘기 마무리 하지."

총장이 소파에 앉으며 말했다.

"예 그러시죠."

"박기영이 담당하고 있지?"

"그렇습니다."

"신원불명의 자살자는 사건에 제외시켜."

최 검사가 날카롭게 뜬 눈으로 총장을 응시했다.

"그렇게 예민하게 받아들일 것 없어."

총장이 가볍게 웃으며 말했다.

"이유를 물어봐도 되겠습니까?"

총장이 피곤한 듯 눈 사이를 짚었다.

"이름 유지한. 국가기밀정보원이다. 국명이라 내 손에서도 처리가 불가능한 일이야."

"그럼 이정우와 유지한의 관계는……."

"연관점이 없다는 건, 누가 봐도 훤하잖아. 왜 그래?"

"하지만."

"이정우에 대한 조사는 이미 철저히 끝냈어. 더 거론할 필요 없어."

"그럼 이정우와 박기영에 관한 사건은 예정대로 진행되는 거겠죠?"

총장이 당연하다는 듯이 웃었다.

"물론이지."

최 검사는 어금니를 깨물며 고개를 끄덕였다.

"예. 알겠습니다."

"나가봐."

인사를 하고 총장실을 나왔다.

기밀정보원이라니…….

이정우는 분명 유지한과 서로를 알고 있는 사이였다.

대체….

최 검사는 머리가 깨질 것만 같았다.

이마를 붙잡으며 힘없이 총장실을 떠났다.

◇◇◇

정우는 새벽 일찍 집을 나서, 런닝을 뛰었다.

여름이라 더운 땀이 금세 훅 하고 올라왔다.

달리고 있는 와중에도 그 녀석이 떠올랐다.

정우는 속도를 올려 더 빠르게 뛰었다.

평소와는 다른 오버페이스였지만, 신경 쓰지 않았다.

한강 변을 한참동안 뛰고 집으로 돌아왔다.

샤워를 하고 나오자 어머니가 식사를 차려 놓았다.

따듯한 밥과 김이 올라오고 있는 국이 보였다.

"밥 먹자."

어머니가 애써 웃음을 보이며 말했다.

한숨도 잠을 이루지 못한 얼굴이었다.

"옷 입고 나올게요."

"그래."

방으로 들어와 옷을 입었다.

거울 앞에서 하얀 셔츠 단추를 잠그다가, 방을 천천히 돌아보았다.

몸이 바뀌기 전.

진짜 이정우.

그 녀석에게 미안한 마음 같은 건 크지 않다.

피해자라면 이쪽도 마찬가지니까.

약 4개월.

처음 만화 캐릭터 물품들을 치웠던 게 엊그제 같았다.

평범하게, 그저 열심히 살고 싶었는데.

멀리 온 것 같은 기분이 든다.

마지막 단추를 채우고, 옷매무새를 한 번 다듬은 뒤 방을 나가 식탁 앞에 앉았다.

"많이 먹어 아들."

평소에 가게에서 아침을 해결하던 어머니가 같이 수저를 들었다.

국을 뜨는 어머니의 수저가 떨리는 게 보였다.

충격적인 사건으로 인해, 후유증이 남아 있는 것 같았다.

정우는 무거운 마음을 삼키며, 밥을 떠먹었다.

II

일주일이 지났다.

재판을 하겠다는 이야기는 결론적으로 의문을 가진 부분에 대한 진술을 밝혀내기 위한 최 검사의 단순한 협박에 불과했다.

체포 자체가 이루어지지 않았다.

윗선에서 정우가 기밀정보에 관해 연관성이 없음으로 판단했기 때문에 가능한 일이었다.

이미 앞전에 범죄를 저지른 박기영에 대한 고문 추정에 대해선 변호사의 힘이 크게 작용하면서 증거불충분으로 끝이 났고 최 검사는 마치 재판에서 진 것처럼, 굴욕적인 감정을 감출 수가 없었다.

◇◇◇

일요일을 맞아, 정우는 버스를 타고 김주호에게로 향했다.

김주호의 장묘는 수목장으로 치러졌다.

위치를 전해 듣고, 셔틀 버스를 타고 가는 길.

정우는 자꾸 눈시울이 붉어졌다.

눈가에 흐르는 눈물을 몇 번이나 닦아냈지만 눈물자국은 쉽게 사라지지 않았다.

버스에는 사람이 없었다.

버스 운전기사와 정우 둘 뿐이었다.

덩그러니 홀로 남아있어서일까.

감정은 스스로를 드러내고 싶어 자꾸 가슴을 두드리는 것만 같았다.

손바닥으로 눈물을 닦아내며, 버스를 타고 달려 양평에 위치한 추모 공원 부근에 도착해 정류장에서 내렸다.

정우는 횡단보도를 건너 가까운 위치에 있는 작은 슈퍼에 들렀다.

"어서오세요."

50대 정도로 보이는 아주머니가 형식적인 인사를 했다.

정우는 소주 한 병을 가지고 와 계산대 앞에 놓았다.

학생에게 팔지 않는다며 핀잔을 줄 법도 한데, 아주머니는 그다지 신경 쓰지 않고 계산을 하는 듯 했다.

"담배랑 라이터도 하나씩만 주세요."

정우가 말했다.

"학생이 필거야?"

아주머니가 뚱한 눈빛으로 보며 물었다.

정우는 고개를 저었다.

"아니요."

"어떤 거?"

정우는 그가 자주 피던 담배 브랜드 이름을 말했다.

아주머니는 담뱃갑을 넘겼다.

"감사합니다."

"여기서 이 작은 구멍가게만 20년이야. 척 보면 척이지. 얼굴 좀 씻어. 말이 아니네."

정우는 미소를 지으며 꾸벅 인사를 하고 슈퍼를 나왔다.

손목에 소주와 담배가 들어있는 비닐봉지를 끼고, 추모공원 입구로 향했다.

한적했다.

차도 드문드문 지나갔다.

공기는 맑았으며, 하늘 역시 눈부셨다.

커다란 대리석과 실내가 훤히 보이는 통유리가 섞인, 고급스러운 입구를 지나 안으로 들어갔다.

데스크에서 절차를 밟았다.

건물 내부는 바닥과 벽면 모두 대리석으로, 깨끗하게 관리되어 있었다.

첨단시스템을 갖춘, 고급 시설이었다.

안내자는 모니터 화면에 터치해서 3D 그래픽으로 나오는 위치를 가리키며 설명해주었다.

입체적인 3D라 길을 쉽게 알아 볼 수 있었고, 풍수지리의 조화를 완벽하게 이루고 있었다.

정우는 안내를 모두 들은 뒤, 주호를 찾아가면서 정우는 조금 놀랐다.

묘지가 있는 공원 숲으로 들어가면서 감탄할 수 밖에 없었다.

아름다웠다.

음산하다는 인식이 강한 일반적인 묘지들과는 달리, 이곳에 들어오는 순간 마치 예술의 중심이 있는 것 같았다.

주변에는 몇몇 관리인들이 구슬땀을 흘리며, 공원 관리에 성실히 임하고 있는 모습이 보였다.

화려함과 예술이 혼합된 것 같은 구조였다.

정우는 풍경들을 보면서, 주호가 잠들어있는 단독형 수목장 앞에 도착했다.

주호의 수종은 백송이었다.

정우는 마치 그가 살아있기라도 한 듯 손을 뻗어 나무를 매만졌다.

"아……."

정우는 울음과 신음이 섞인 소리를 내며 고개를 떨구었다.

잔디 위로, 눈물이 뚝 하고 떨어져 내렸다.

정우는 코를 훅 마시며, 손목에 걸고 있던 비닐봉지를 내려놓았다.

고개를 들어 손등으로 눈물을 닦아내며, 웃었다.

"좋다 여기."

정우는 파랗게 핀 잎들을 보며 눈물어린 눈으로 미소 지었다.

가방에서 챙겨온 소주잔을 꺼내, 한 번 닦은 뒤 바닥에 두고, 잔에 소주를 따랐다.

"미성년자면서 술과 담배는 뭘 그렇게 좋아해?"

정우는 주변을 살폈다.

"원래 안 되는데. 몰래 하는 거다. 너만 알아라."

정우는 눈물을 흘리며 담뱃갑을 꺼냈다.

울음이 터져 나오는 걸 손으로 틀어막고 호흡을 한 번 정리했다.

"아아. 젠장."

정우는 소매로 눈가를 닦으며, 담뱃갑에서 담배 한 가치를 꺼냈다.

입에 담배를 물고 불을 붙였다.

불이 붙은 담배를 소주 잔 위에, 올려놓았다.

소주 잔 위로 연기가 피어올랐다.

"너 진짜 거기 있냐."

정우가 나무를 바라보며 말했다.

아픈 숨을 토해내며 몸을 돌렸다.

좀처럼 진정이 되질 않았다.

길게 숨을 몇 번이고 내쉬었다.

겨우 진정한 뒤, 백송을 바라봤다.

"미안하다 주호야. 약속했었는데. 내가 지키겠다고. 도와주겠다고 약속했었는데……."

정우는 쓴 미소를 지었다.

"내가 너무. 내가 너무 미안하다. 김주호."

정우는 무릎을 꿇고 오열해서 울었다.

마치 세상 모두가 들을 수 있을 만큼.

정우는 그렇게 울었다.

Last chapter

Last chapter

✤

정우는 체육관 앞에 도착했다.

인도 턱에 앉아, 체육관을 조용히 바라보았다.

체육관을 바라보고 있는 이 순간.

슬픈 감정은 아주 잔잔하지만 깊게 정우의 마음속에 깔렸다.

정우는 먼눈으로 체육관을 하염없이 바라보았다.

시간이 얼마나 지났을까.

노을이 졌을 때, 옆으로 그림자가 생겨났다.

"아이고 덥다 더워."

체육관 관장.

노인이 정우 옆에 앉으며 셔츠 옷깃을 잡아 흔들었다.

"아, 관장님."

"많이 힘들지?"

노인이 체육관을 깊은 눈으로 보며 물었다.

정우도 그의 시선을 따라 체육관을 바라보았다.

"그냥. 믿겨지지가 않아요."

"나도 그래."

노인이 길게 한숨을 내쉬었다.

"정이 많이 들었는데. 떠나고 나니까, 미안한 게 이렇게
도 많아지네."

정우는 쓴웃음을 지었다.

"네."

"네 탓이 아니야. 알지?"

정우는 입을 꽉 다물고 하늘을 올려다보며 고개를 끄덕
였다.

"현기 그룹인가 뭐시긴가. 거기네 높으신 양반이 체육
관을 네가 맡아서 운영해도 괜찮다고 했다면서? 괜찮겠
어?"

"저 관장님."

"응 얘기해."

"이 체육관이요."

노인이 고개를 끄덕였다.

"관장님이 좀 맡아주실 수 없을까요?"

노인이 너털웃음을 흘렸다.

"됐수다."

"중간 중간 제가 도와드릴 수 있는 건 많이 도와드릴게요."

"됐어. 다 늙은이가 무슨 체육관을. 그 작은 체육관도 제대로 관리하지 못해서 허덕였는데."

"부탁드립니다. 관장님밖에 없어요."

정우의 시선을 받은 노인이 미간을 굳혔다.

"내가 모르는 게 있나 보구나."

"아주 중요한 일이 생겼거든요. 제게."

"무슨 일인지는 모르겠지만 아주 큰 결심처럼 보이는데. 위험한 일은 아니겠지?"

정우는 노인을 보며 미소를 지었다.

"네가 허튼 생각을 할 거라고는 생각지 않는다. 널 믿으마. 힘 내. 응원할 테니."

"감사합니다."

"그만 들어갈까?"

정우는 노인과 함께 체육관에 들어갔다.

출입구 문을 열자마자, 반대편 벽면에 액자가 걸려 있다.

정우와 노인은 마치 약속한 것처럼 사진 앞으로 걸어갔다.

환하게 웃고 있는 주호와 함께, 우리들이 찍은 사진이 보였다.

녀석은 어느 누구보다도 밝은 미소를 짓고 있었다.

◇◇◇

정류장 벤치에 앉았다.

420번 버스를 기다리는 지금.

그 때 생각이 났다.

첫 등교를 하던 그 날이.

2월 초, 아주 추웠던 그 날과 달리 지금은 7월을 앞둔 뜨거운 여름이다.

고작해야 몇 개월도 되지 않는 나날들인데.

그 짧은 사이에 많은 일이 있었다.

정류장도, 도로도, 세상은 변한 게 없는데.

사라진 사람이 있다.

정우는 한숨을 쉬며 일어났다.

뜨거운 바람이 얼굴을 스치고 지나갔다.

기다리기를 잠시, 버스가 도착했다.

버스에 올라 교통카드를 찍고 자리에 앉았다.

버스가 출발하고 늘 보던 풍경이 보였다.

정우는 스쳐가는 풍경을 보며 지독한 외로움을 느꼈
다.

눈을 감았다.

어둠.

어둠이 익숙하고 편안하게 느껴졌다.

잠이 오지 않아, 새벽 일찍 집을 나선 탓에 교실은 비어
있었다.

하루 동안 교실을 비운 사이, 주호의 책상 위에는 국화
꽃 여러 개가 놓여 있었다.

정우는 손을 뻗어 국화꽃 꽃잎을 매만졌다.

부드러운 촉감이 견디기 힘들 정도로 아프게 느껴졌
다.

"일찍 왔네."

교실문을 열고 엘리스가 들어왔다.

정우는 고개를 끄덕이며 의자에 앉았다.

"힘들지?"

엘리스가 건조한 표정으로 물으며 옆에 앉았다.

"괜찮아."

정우는 웃어 보이며 대답했다.

엘리스가 책상 위로 반으로 접힌 종이 하나를 슥 내밀었
다.

"뭐야 이게?"

정우가 종이를 집으며 물었다.

"위로."

엘리스는 그렇게 말했다.

위로라고.

EVERY THIN WILL BE OK.

정우는 미소 지었다.

종이 위로 눈물이 떨어져 내렸다.

어째서일까.

엘리스의 짧은 글귀를 보는 순간, 엉망진창으로, 걸레처
럼 너덜거리던 마음이, 지독히도 아프지만 그 통증과 함께
아무는 것만 같았다.

"울어도 돼."

엘리스가 정우의 머리를 쓰다듬었다.

정우는 눈물이 번진 얼굴로 엘리스의 금빛 머리칼을 흔
들었다.

"고맙다."

정우의 고맙다는 인사에.

엘리스는 처음보는, 진짜 미소를 보내주었다.

친구같은 건 필요 없다고.

주변 사람 같은 건 걸리적 거리기만 한다고 생각했었다.

내 자신만을 믿고, 내가 가장 강하다고 생각했다.

그랬던 오만이 친구를 죽인 거다.

지킬 수 있는 힘 같은 건, 애초에 존재하지 않았다.

나는 강한 게 아니라 언제든지 부서질 수 있는, 가벼운 유리였던 거다.

나는 약했고, 김주호와 엘리스.

지금 이 녀석에게 치유 받고 있는 거다.

교실문이 열리고 박영열과 연아가 들어왔다.

박영열은 씩씩한 걸음으로 성큼성큼 걸어 들어와 앞자리에 정우를 마주보고 앉았다.

박영열의 얼굴은 이미 울고 있었다.

"아 씨. 멋있게 등장해서 함께 시원하게 웃으려고 했는데. 난 뭘 해도 이렇게 안 되냐."

박영열이 소매로 눈가를 닦으며 말했다.

"오빠 괜찮아요?"

연아가 울먹이는 얼굴로 물었다.

정우는 고개를 끄덕여주고 일어났다.

"나 잠깐 옥상 가서 바람 좀 쐬고 올게."

계단을 타고 옥상 문을 열었다.

바람을 맞으며 옥상 중앙에 선 정우는, 서서히 여명이 밝아오는 하늘을 올려다보았다.

눈물을 삼키면서 각오했다.

잊지 않을 것이다.

내 자신의 오만을 절대 잊지 않을 것이다.

정말 강해져서, 누구보다 강해져서.

언젠간 내가 사랑하는 사람들을 지킬 수 있는 사람이 될 거다.

그러기 위해선 가장 먼저 내가 나로써 존재해야만 한다.

과거를 찾을 것이다.

잃어버린 과거를 찾고, 진짜 내 자신을 되찾을 것이다.

어떠한 시련이 나를 막아선다 해도.

주호에게 결코 부끄럽지 않는 내가 되기 위해.

나는 절대, 나라는 존재를 증명하기 위해.

결코 멈추지 않을 것이다.

에필로그

after 3 years

에필로그
after 3 years

✤

　책장에 바닥에 쌓아놓은 책을 정리하고 있던 중년인이 이메일이 도착한 소리에 컴퓨터 쪽으로 고개를 돌렸다.

　중년인이 손에 묻은 먼지를 털어내며 테이블로 걸어갔다.

　자리에 앉아 도착한 메일을 확인했다.

　"12명이라……. 생각보다 꽤 많네."

　중년인은 파일을 다운 받은 뒤, 프린터로 출력했다.

　의자에서 일어나 프린터가 출력한 종이 파일들을 묶어 하나씩 확인했다.

확인한 자료는 바로 분쇄기에 넣어 처리했다.

7개의 신원 정보를 연달아 분쇄기에 넣은 중년인은 눈살을 찌푸렸다.

"이렇게 인물이 없나."

혀를 차던 중년인이, 하나의 신상 정보지를 보고 움직임을 멈췄다.

그는 신상정보 서류에서 시선을 떼지 못하며 손을 더듬거려 책상 모서리에 있는 돋보기안경을 잡아 썼다.

"이 자식 뭐야 이거……."

중년인은 헛웃음을 흘렸다.

"완전 괴물이잖아."

스펙과 군 경력을 모두 확인한 중년인은 쓴웃음을 지었다.

"닮았군. 정말."

그는 파일을 개인 보관함에 넣은 뒤, 서랍에서 액자 하나를 꺼냈다.

액자에는 중년인과 함께 사진을 찍은 남자가 있었다.

그는 특유의 무표정한 얼굴을 한, 청년의 모습을 안타까움과 그리움이 섞인 눈길로 바라보았다.

정우는 거울 앞에서 넥타이를 매고, 재킷을 걸쳐 입었다.

책상 위에 올려져 있는 서류 가방을 들고 방을 나오자 어머니가 아침 식사를 분주히 준비 하고 있었다.

　"아들 오늘 첫 출근이지? 가기 전에 밥 먹고 가."

　정우는 시계를 보며 난감한 표정을 지었다.

　"어쩌죠? 지금 출발해도 빠듯할 것 같은데."

　어머니가 입을 동그랗게 말며 안타까운 표정을 지었다.

　"밥도 못 먹고 가서 어떡해."

　"가면서 편의점에 들러서 간단히 해결하면 돼요. 그리고 대신 점심은 배부르게 먹을 게요. 걱정하지 마세요."

　"알았어."

　어머니가 다가와 어깨에 먼지를 털어주며 미소를 지었다.

　"멋있다 우리 아들."

　정우는 엷게 웃었다.

　"누구 아들인데요."

　"그럼 누구 아들인데. 근데 안 춥겠어? 뭐라도 위에 걸치고 가지."

　"괜찮아요. 어머니 아들 몸 좋잖아요. 면접 보려면 거추장스럽기도 하구요."

　"아무리 신입의 첫 출근이라지만 이렇게 일찍이람. 오전 7시라니."

"그러게요."

"하여간 잘 다녀와. 감기 걸리지 않게 조심하고."

"네."

어머니의 배웅을 받고 밖으로 나왔다.

버스 정류장으로 가면서 하늘을 올려다보았다.

맑고 푸른 겨울 하늘을 보자 그 녀석 생각이 난다.

정우는 그리움에 잠긴 미소를 지으며 정류장으로 걸음을 옮겼다.

버스를 타고 강남에 신설된 큰 건물 앞에 도착했다.

정우는 건물을 깊은 눈길로 올려다 본 후, 로비 안으로 들어섰다.

안내데스크를 지나 엘리베이터 앞에 섰다.

버튼을 누르고, 탑승을 기다렸다.

엘리베이터가 1층에 도착하며 종소리를 냈다.

정우는 엘리베이터에 올라가 27층까지 있는 버튼 중 21층 버튼을 눌렀다.

닫힘 버튼을 눌렀을 때, 구두 소리가 났다.

뛰어오는 소리였다.

정우는 다시 열림 버튼을 눌러 엘리베이터를 개방 시켰다.

긴 생머리의 오피스 차림의 여성이 급하게 엘리베이터 안으로 뛰어 들어왔다.

숨 막히게 늘씬한 몸매.

하얀 피부에 놀라우리만큼 아름다운 미녀였다.

"감사합니다."

미녀가 긴 머리를 어깨 뒤로 넘기며, 화려한 미소와 함께 인사를 했다.

정우는 작은 미소로 답했다.

"몇 층으로 가십니까?"

정우가 물었다.

"같은 층수네요."

그녀가 하얀 치아를 보이며 대답했다.

정우는 고개를 끄덕이곤, 앞으로 시선을 돌렸다.

27층에 도착했다.

정우는 그녀와 함께 엘리베이터에서 내렸다.

같은 방향의 복도를 걸어가면서 정우는 그녀를 흘겨봤다.

여전히 입가에 미소를 걸고 있다.

중앙 복도 왼편에 화장실이 보였다.

"전 잠깐 화장실에 들렀다 가야 할 것 같네요. 그럼."

정우는 짧은 목례로 인사를 했다.

"우리, 다시 볼 것 같은 기분이 드네요."

그녀는 그 말을 끝으로, 멀어져 갔다.

정우는 그녀의 뒷모습을 지켜보다가 화장실로 들어갔다.

가방을 세면대 위에 올려두고, 옷매무새를 다듬었다.

손목시계를 확인 했다.

2분이 지나기를 기다린 후, 정우는 가방을 챙겨 화장실을 나왔다.

복도를 걸어, 중앙 비상계단 옆, 2701호 문을 열었다.

사무실엔 수많은 사람들이 업무에 열중하고 있었다.

정우는 사무실을 지나 본부장 실 안으로 들어갔다.

본부장 실은 비어 있었다.

왼 쪽에 위치한, 문을 열자 양 옆으로 사무실이 연결되어 있는 긴 복도가 보였다.

정우는 그 복도 안으로 빠르게 걸어갔다.

복도의 끝.

비품 창고실 안으로 들어갔다.

창고 물건들을 줄 지어 놓여있는 공간을 지나, 오른쪽에 위치한 비상계단을 타고 반 층을 올라가 심플한 문 앞에 섰다.

비밀번호를 누르고, 지문을 찍은 뒤, 문을 열자 다시금 긴 복도가 나타났다.

잘 관리된, 깨끗한 느낌을 주는, 온통 순 백의 하얀 복도를 걸었다.

하얀 복도의 끝에 선 정우는 노크를 한 뒤, 문을 열었다.

넓은 회의실이 한 눈에 들어왔다.

고급스러운 정장을 입은 중년인이 창밖을 보고 있었다.

옆으로 고개를 돌리자, 엘리베이터에서 만난 미녀가 앉아 있었다.

"또 만났네요."

그녀가 미소를 보내왔다.

중년인이 정우를 돌아보며 고개를 갸웃 거렸다.

"둘이 구면인가?"

"방금 전, 엘리베이터에서 만났습니다."

정우가 말했다.

중년인이 고개를 끄덕이며 창틀에 앉아 팔짱을 꼈다.

"미인이지?"

중년인이 음흉한 표정을 지었다.

"네."

"재미가 없구먼 이 친구."

중년인이 정우를 가리키며 고개를 내저었다.

미녀가 소리 없이 웃었다.

중년인은 정우의 얼굴을 빤히 바라보았다.

"제 얼굴에 뭐가 묻었습니까?"

정우가 물었다.

중년인이 헛기침을 했다.

"아니, 자네 형제 있나?"

"없습니다. 외동입니다."

"그래?"

"왜 그러시는지."

"됐어 누구 생각이 자꾸 나서……. 그래. 첫 출근 소감은?"

중년인이 물었다.

"복도가 기네요."

중년인이 시원하게 웃었다.

"그래 우리가 하는 일은 인내가 없이는 할 수 없는 것들이지. 아 혹시 내가 누군지 아나?"

"아직 모릅니다."

"난 기밀보안국장 양태경이라고 하네."

"강채희에요."

미녀가 이어서 자신을 소개했다.

두 명의 시선이 한 곳으로 향했다.

"이정우라고 합니다."

"짧은 얘기가 될 테지만, 그래도 앉아. 계속 그렇게 서 있으면 보고 있기 불편해. 내가 키가 작아서 말이지."

국장이 자리를 가리켰다.

"앉아."

정우는 의자를 당겨 자리에 착석했다.

"일찍이 너희를 부른 이유는 오늘부터 일이 아주 골치 아프면서도 시간을 필요로 하는 일이라서다. 첫 출근부터 아주 피곤한 일을 맡은 거지."

국장이 팔짱을 풀고 창틀에서 일어나 주머니에 손을 넣었다.

"저희가 해야 할 일이 뭐죠?"

강채희가 살짝 긴장한 눈빛으로 국장을 바라보며 물었다.

"내사다. 보안국에 이중첩자들을 가려내는 일이지."

"이중첩자라면……."

정우가 말끝을 흐렸다.

국장이 쓴웃음을 지었다.

"사건넘버 코드넘버 제로. 못 들어봤겠지 당연히?"

정우의 눈빛이 살짝 흔들렸지만, 국장과 강채희는 그 사실을 알아채지 못했다.

국장이 말을 이었다.

"이름 이현. 28세 남자. 1급 기밀정보원이었지. 임무를 완수하고 난 후, 이중첩자들이 이현의 정보를 노렸다. 이중첩자들이 이현과 보안국을 이간질 시켰어. 상부 지시라는 미끼로 자극해서 사건을 은폐시키려고 했지. 그 과정에 이현이 사망처리가 됐는데. 그건 속임수였어. 이현이 살아 있다는 사실이 확인 되었고, 이중첩자의 이간질에 국가도 넘어가버리는 어이없는 상황이 벌어지면서 이현과 이현이 가진 정보를 잡는 프로젝트가 생겨났다. 그게 바로 코드넘버 제로. 그런데 갑자기 이현의 사체가 엉뚱한 데서 발견이 됐어. 이중첩자들이 움직였다는 얘기겠지."

국장이 말을 이었다.

"그런 탓에 신입을 쓸 수밖에 없는 상황이라. 가장 잠재력이 뛰어난 자네들을 부른 거고."

"저희 둘로는 부족할 텐데요."

채희가 어두워진 얼굴로 말했다.

국장이 웃었다.

"그래서 할 일이 많다고 했잖아."

정우와 채희는 의아한 눈으로 국장을 보았다.

"일종의 스타팅 멤버라고 보면 돼 너희는."

"그렇다는 건."

"그래. 새로운 팀을 꾸린다. 팀원은 너희가 만드는 거야. 그리고 이 프로젝트의 리더는."

국장의 시선이 정우에게로 향했다.

"이정우. 너다. 자신 있어? 자신 없으면 그 자리 다른 팀원에게 넘기고."

"문제없습니다."

"당연히 그래야지. 그럼 각자 근처 커피숍이나 적당한 곳에서 대기하도록 해."

국장이 휴대전화 두 개를 테이블에 놓고 정우와 채희에게 밀어 보냈다.

"오후 2시. 신입 정보원과 접촉할 거다. 자 마지막으로 이 프로젝트의 암호명을 정해야겠지. 뭐가 좋겠어?"

정우는 가방을 챙겨 일어나며 미소 지었다.

"레벌루션(Revolution)."

〈끝〉